Die jene Welt erlangen

Andreas Kleinschmidt

Die jene Welt erlangen

Wunderbare Übergänge in die

unsichtbare Welt

Roman

Bibliografische Information der Deutschen Nationalbibliothek: Die Deutsche Nationalbibliothek verzeichnet diese Publikation in der Deutschen Nationalbiografie; detaillierte bibliografische Daten sind im Internet über dnb.dnb.de abrufbar. Die automatisierte Analyse des Werkes, um daraus Informationen insbesondere über Muster, Trends und Korrelationen gemäß §44b UrhG („Text und Data Mining") zu gewinnen, ist untersagt.

Herstellung und Verlag: BoD - Books on Demand, Norderstedt

ISBN: 9783758372391

Jesus Christus spricht:
Die aber gewürdigt werden,
jene Welt zu erlangen und
die Auferstehung von den Toten.

Lukasevangelium 20,35a

Die Übergänge

Die „Plauderstunde"

Der Garten

Die Baccara Rosen

Der Misanthrop

Der ewige Frühling der Gefühle

Die Stadt im Himmel

1. Kapitel

Die Übergänge

Es war ein Spätsommertag oder ein Frühherbsttag gewesen wie man ihn sich nicht schöner vorstellen konnte.

Zum ersten Mal war er durch diesen Teil des Stadtparks gegangen, über schmale Holzbrücken, die einen Bach überquerten, über Kieswege und Rasenflächen, die jetzt mit kleinen braunen Birkenblätter bedeckt waren.

„Wie schade, Frieder, " sagte sie mit einem Seufzer. „Der Sommer ist vorbei, morgen schon soll es kühler werden, der letzte warme Tag vielleicht." Einen Augenblick schweig sie. Dann tröstete sie sich selber: „Dann freue ich mich eben schon auf den nächsten Frühling, er wird ja gewiss kommen."

Ihre traurige Stimmung hatte sich auch ihm mitgeteilt, aber anders als sie, die schon im nächsten Augenblick wieder vergnügt und lebensfroh sein konnte, hielt bei ihm diese Stimmung immer länger an und es bereitete ihm Mühe, sich wieder daraus zu befreien.

Frieder Herz mochte seine Nichte, sie verband Sensibilität mit Lebensfreude, als sie ihn jetzt wieder einmal besucht hatte, wollte sie mit ihm unbedingt durch einen bestimmten Teil des Stadtparks in die Innenstadt gehen, diesen hatte er bisher noch nie betreten, und er machte sich dies jetzt zum Vorwurf, bevor er dann wie stets daraus für sich eine Lehre zog: Man konnte jahrelang meinen, mit etwas wie einer Stadt vertraut zu sein, und es doch nicht vollständig kennen – dies galt ja nicht nur für Orte, sondern auch für Menschen.

„Früher hast du dich doch auch immer auf die dunklen Novembertage gefreut," sagte er. Sie lachte. „Daran siehst du, auch ich werde älter."

Sie blieben vor einem Kiosk stehen, wie zu Kontrast zum Frieden und der Schönheit im warmen, sonnendurchfluteten Park mit seinen Bäumen, Pflanzen und Gräsern schrien sie die Tageszeitungen mit ihren hässlichen Schreckensmeldungen über Terroranschläge, Krieg und Zerstörung an: Wacht auf aus euren Träumen und seht, wie die Welt wirklich ist.

Es war eine zerrissene Welt, in der sie lebten, und diese Zerrissenheit spiegelte sich in seinem

Herzen, Frieder Herz empfand sie schmerzhafter als andere, intensiver etwa als seine Nichte, deren Lebensfreude und Aufgeschlossenheit für ihre Mitmenschen sie leichter die Negativseiten des Lebens ertragen oder übersehen ließ.

„Grüble nicht", war eine ihrer Sätze, mit dem sie ihn auch jetzt wieder ermahnte, sich nicht zu tief und zu lange in sich selbst zu verkriechen. „Du lässt dir einfach immer alles zu nahe gehen", sagte sie in energischem Ton, indem sie ihn unterhakte und von dem Kiosk wegzog. „Und es setzt sich alles immer so fest bei dir. Weißt du was, du gehst jetzt dort in das Café und wartest auf mich, ich will noch ein wenig shoppen, das will ich dir nicht zumuten, mich dabei zu begleiten," sagte sie, und schon war sie in einem der Bekleidungsgeschäfte verschwunden.

Im Café bestellte er sich einen Cappuccino und beobachtete die Menschen, die auf dem Bürgersteig vorüberhasteten. Wie gerne hätte ich etwas von der Leichtigkeit meiner Nichte, wünschte er sich, einfach abschalten zu können, das wäre es doch. Aber immer wieder musste er nach Übergängen von der einen Welt in die andere, von dem Sichtbaren zum Unsichtbaren, vom Unvollkommenen zum Vollkommenen suchen, diese Suche war ihm zutiefst mitgegeben, er konnte sie nicht loswerden.

Er suchte die Übergänge draußen und in seinem Inneren, manchmal meinte er, sie erahnen, ja fassen, erfassen zu können, dann aber entzogen sie sich ihm wieder, und dies – so sagte er sich – mussten sie ja auch, denn diese andere Welt musste ihm ja von dieser Welt verschlossen bleiben, denn andernfalls wäre es ja nicht mehr eine andere Welt. Er suchte die Übergänge zur unsichtbaren geistreichen Welt umso sehnsuchtsvoller je inhaltloser, geistloser ihm die sichtbare Welt wurde.

Weil die Gesellschaft, in der er lebte, die ihn täglich umgab, mehr und mehr ihre Inhalte verlor und zu einer Medien- und Informationsgesellschaft wurde, die sich mit „panem et circensis" begnügte, mit Brot und Spielen, die mit einer Reduktion auf den Materialismus und mit einer oberflächlichen Unterhaltungsindustrie der Sinnfrage permanent auswich.

Und auch jetzt in diesem Augenblick wurde diese seine Sicht auf die Gesellschaft, in der er lebte, wieder bestätigte: Als er seinen Blick über die Menschen in dem Caffè schweifen ließ, sah er an allen Tischen Menschen, die den Nacken über ihr Handy gebeugt hatten, selbst wenn sie in Begleitung waren, und als er seinen Blick abwandte und auf die Straße hinaussah, stellte er fest, dass auch dort kaum ein Passant vorbeiging, der nicht mit seinem Handy oder Smartphone beschäftigt war.

Er musste kurz auflachen, bei aller Tragik über diese Massensucht hatte der Anblick sich neigender Köpfe auch etwas Komisches an sich. Und es schien ihm, je mehr dies geschah, je größer und schneller die Möglichkeiten wurden, sich gegenseitig zu informieren, um so inhaltsloser wurden diese Informationen, ja der Vermittlungsvorgang, der eigentlich nur dienende Funktion für die Inhalte haben sollte, wurde selbst zum Inhalt, ja zu einem Art Sinn- und Gottersatz, eine wahrlich teuflische Perversion des dem Menschen eingegebenen Suchens nach Wahrheit. In krassem Gegensatz zur materialistischen globalen Informations- und Spaßgesellschaft standen die Eruptionen von Hass und Gewalt zwischen den Völkern.

Sie zeigten zwar, dass die Sinnfrage nicht gelöst war, aber zu einer tiefgreifenden, globalen Neuorientierung führten sie nicht. Die Frage nach Gott und seiner unsichtbaren, vollkommenen Welt kam nicht in den Blick. Die Suche nach tiefer, beständiger Freude wurde aufgegeben zugunsten einer Spaßgesellschaft, die sich durch Ablenkung und Vermeidung von der Sinnfrage hatte abbringen lassen, und die auf Gewaltausbrüche, Krieg, Terrorismus ohne wirkliche und wahrhaftige Aufklärung des „Warum", der tieferliegenden Gründe nur pragmatisch und machtförmig reagierte. Die Frage nach Gott wurde nicht gestellt, wenn von ihm geredet wurde, dann so, dass er für die eigenen religiösen, machtförmigen Interessen vereinnahmt wurde. Offenbarungsurkunden wie die des Neuen Testamentes wurden in ihren Aussagen nicht mehr zur Kenntnis genommen angepasst an die eigenen Vorstellungen: Ein Kollege hatte ihm einmal gesagt, wenn überhaupt könne er mit dem Liebesgebot etwas anfangen, mit dem richtenden, Menschen und Völker vernichtenden Gott des Alten

Testamentes könne er nichts anfangen, ja, an einen solchen Gott glaube er nicht.

Er hatte dann selbst die Aussagen Jesu in den Evangelien über Gott nachgeprüft und gefunden, dass diese sogar noch radikaler waren als die des Alten Testamentes, einen Sohn Gottes, der von Gott, seinem Vater zur Sünde gemacht und in die Gottverlassenheit des Kreuzes dahingegeben wurde, war ein Gericht, das nicht radikaler und furchtbarer sein konnte: „Mein Gott, mein Gott, warum hast du mich verlassen?", fragte der Mensch, der in vollkommenem Gehorsam seinem Gott und Vater gegenüber gelebt hatte.

Wenn selbst dieser das Gericht Gottes erfuhr, um wieviel mehr musste es die treffen, die aneinander und an Gott vielfach schuldig wurden.

Er hatte dann sogar ein Seniorenstudium an der Uni begonnen, um sein Theologiestudium, das er seinerzeit zwar beendet aber nie beruflich umgesetzt hatte, insbesondere Altgriechisch und Neues Testament aufzufrischen, jetzt, da er seine Praxis aufgegeben hatte, hatte er genug Zeit für solche Studien, und er hatte festgestellt, dass er nicht der einzige ältere Mensch war, der sich für

Religion interessierte, es gab einige ergraute Häupter unter den jungen Studierenden.

Und wieder war es für ihn faszinierend, wie sehr doch die neutestamentlichen Texte immer wieder das traditionelle Gottesbild und Christentum in Frage stellten, so die Annahme, die Bibel spräche immer nur von dem „lieben Gott", dessen Beruf es sei, zu verzeihen, wie Heinrich Heine angenommen hatte. So fand er im Lukasevangelium die Erzählung von Menschen, die Jesus davon berichteten, dass der Statthalter Pilatus Galiläer beim Opfern hatte töten lassen. Die Reaktion Jesu: „Meint ihr, dass diese Galiläer mehr gesündigt haben als alle anderen Galiläer, weil sie das erlitten haben? Ich sage euch: Nein; sondern wenn ihr nicht Buße tut, werdet ihr alle ebenso umkommen. Oder meint ihr, dass die achtzehn, auf die der Turm von Siloah fiel und erschlug sie, schuldiger gewesen seien als alle anderen Menschen, die in Jerusalem wohnen? Ich sage euch: Nein; sondern wenn ihr nicht Buße tut, werdet ihr alle ebenso umkommen."

Ohne Metanoia, so der griechische Begriff, ohne Sinnesänderung, die das ganze Denken und das innere und äußere Leben eines Menschen erfasst und neu auf Gott ausrichtet, hat kein Mensch Lebensrecht und Lebensanspruch, durch die Sünde haben alle dieses verloren, und nur durch Jesus und den Glauben an ihn war für jeden Menschen die Umkehr zu Gott möglich, so die vielfältige aber letztlich einhellige Botschaft aller Zeugnisse und Zeugen des Neuen Testamentes, Frieder Herz hatte es mehrere Male und mit Hilfe verschiedener Kommentare gelesen.

Nur klare und entschiedene Umkehr von allen verkehrten Wegen kann allein retten vor ähnlichen Gerichten. Diese Umkehr, die Abkehr von den Sünden geschieht allein durch den Glauben an Jesus allein. Da diese Umkehr im ersterwählten Volk Gottes, in Israel, nicht gekommen ist, kamen die Gerichte vierzig Jahre später, als die Römer Jerusalem zerstörten.

Er merkte: Es war leichter zu sagen, welche Dinge den Weg in die vollkommene Welt versperrten als zu sagen, welche sie ermöglichten. Die Übergänge mussten auf jeden Fall mit Sehnsucht zu tun haben, mit Gefühl, mit Unsagbarem, nicht Vermittelbaren, denn Worte und Zeichen, ja Bilder, jede Form von Kommunikation war da ausgeschlossen, wo es um jene unsichtbare vollkommene Welt ging – ihr Geist, ihre Inhalte ließen sich nicht in die sichtbare Welt transponieren, denn dieser Vorgang hätte sie ja schon ihres Wesens beraubt.–

Er sah eine Wiese am Waldrand. Dort lag er mit dem Mädchen, in das er verliebt war und hatte alles vergessen, hinter sich gelassen bis auf ihre Zweisamkeit, alles in ihm und um ihn herum war hell, leicht, warm, der Boden unter ihm und der in seinem Herzen waren zu einer Einheit verschmolzen, das Glück war hier und jetzt, es waren Jahrzehnte seither vergangen, aber dies Bild hatte sich in seiner Seele festgebrannt, mit einer Urgewalt hielt diese es fest, so sehr auch die Zeit an ihm arbeiten wollte, es blieb unverändert. In dieser seligen Zweisamkeit kam er der Ewigkeit sehr nahe, aber dieser Übergang war ohne Erfahrung, alles eine Illusion, eine Einbildung einer überreizten Phantasie.

Aber war das wirklich ein Defizit, war es nicht vielmehr not-wendig für diesen Übergang zum vollkommenen Glück, dass alle Erfahrungen der unvollkommenen Welt nicht vorhanden waren oder nicht mehr vorhanden waren.

War vielleicht auch der Sinn der Erfahrung, die Quintessenz eines langen Lebens nicht der, durch Erfahrung gereift zu sein, sondern wieder Kind zu werden, wieder aus allem Irdischen zum Ursprung zurückzukehren, zu seinem eigenen Inneren, das bereits himmlisch gefüllt war und sich gegen und in den irdischen Erfahrungen behaupten musste – die Welt wird euch ein Himmelreich, hatte Johann Sebastian Bach vertont – und waren die Erfahrungen nur lästiges Geröll über der Quelle, das es galt, wegzuschaffen, um wieder an die ersten Urerlebnisse heranzukommen, die in ihm selber vor aller Zeit in Ewigkeit angelegt waren.

Nein, da war ein Fehler in seinem Denken, stellte Frieder Herz selbstkritisch fest, diese Rückkehr zum Ursprünglichen konnte keine Rückkehr zur Naivität sein, sondern geschah mit Einschluss der emotionalen und gedanklichen Verarbeitung seiner Lebenserfahrungen, denn auch der Erlöser war ja nicht über diese Erde geschwebt, sondern in alle Tiefen menschlichen Seins eingedrungen, er hatte zur Höhe nur durch den Weg in die Tiefe gefunden, er musste leiden, bevor er zum Sieg und zur Freude geführt wurde, vor seinem „Es ist vollbracht" stand sein „Warum hast du mich verlassen", standen seine Tränen und sein Schweiß, der wie Blutstropfen war wegen der Menschen und ihrer Nöte, denen er sich ausgesetzt hatte. Und nur die, die bereit waren, sich mit ihm kreuzigen zu lassen hatten auch die Verheißung, dass sie mit ihm leben sollten. Dass das Kommen, Sterben und Auferstehen des Sohnes Gottes notwendig, weil allein die Not der Sünde wendend war, offenbarte Frieder Herz auch die Wahrheit, dass es keine Ursprünglichkeit, keine natürliche „Naivität" mehr gab – auch nicht im ersten Verliebtsein, die grüne Wiese war ja nur erst ein Bild seiner Sehnsucht nach der Himmelswiese gewesen, sie war noch nicht das Paradies, es war doch in Wahrheit eine Illusion, ja letztlich ein Irrtum – , weil durch die Sünde auch die Seele des Menschen verdorben worden war, nur der durch den himmlischen Geist Gottes Wiedergeborene, dessen Seele Gott gereinigt und geheiligt hatte, vermochte wahrhaft „ursprünglich" zu leben, weil die Früchte dieses Geistes, weil die auch ihm hervorgehende Liebe, Freude und Demut nicht mehr natürlichen, irdische, sondern himmlischen

Ursprungs war. – Da er jetzt mit seinem Berufsleben als praktischer Arzt abgeschlossen hatte, hatte er Zeit, sich über sein bisheriges Leben tiefere Gedanken zu mache – dies war ihm in seiner Tätigkeit nicht möglich gewesen, das, was ihm medizinisch und menschlich von seinen Patienten täglich in seiner Praxis und bei seinen Hausbesuchen abgefordert worden war, hatte ihn weder innerlich noch äußerlich zur Ruhe kommen lassen.

Und er erkannte: Hatte ihn sein Mitleid und seine Hilfsbereitschaft seinerzeit den Arztberuf ergreifen lassen, in dem er sich zwar auch um das seelische Befinden seiner Patienten, aber vornehmlich um ihre körperlichen Krankheiten gekümmert und für deren Heilung gearbeitet hatte, so wollte er sich nun um ihr gesamtes, Leib und Seele umfassendes Heil sorgen, dies aber – so hatte er jetzt erkannt – war ja nur dann möglich, wenn die Menschensorge auch die Seelsorge, den Gottesbezug miteinschloss.

Nicht im Sichtbaren, sondern im Unsichtbaren lagen die wahren und wirklichen, wirkenden Unheils- und Heilskräfte, ihnen wollte er auf den Grund gehen, darum würde er nun zu Gesprächs-

und Therapiestunden einladen, seine ehemaligen Praxisräume befanden sich in seinem Haus, er konnte sie jetzt einfach für den neuen Zweck weiterbenutzen, dass ihm dabei der Vertrauensvorschuss bei seinen früheren Patienten als ihr ehemaliger Arzt zugutekommen würde, war kein Fehler, sondern hatte indirekt auch mit dem zu tun, was er sich nun vorgenommen hatte: Aus dem himmlischen Heil floss auch das irdische Heil, Heilung, wenn auch auf gebrochene und unsichtbare Weise, in Niedrigkeit und Verborgenheit, so dass es nicht wieder durch menschlichen Hochmut und oberflächlichen Materialismus missbraucht werden konnte.–

Frieder Herz beobachtete die Menschen, die draußen auf dem Bürgersteig vor dem Cafe vorübereilten, die überwiegende Mehrheit betete den „Gott des Informationsgesellschaft" an, wie er dies Phänomen bei sich benannt hatte, wenn Menschen fast dauerhaft den Kopf geneigt auf ihr Smartphone oder Handy starrten, sie waren in einer Enge gefangen, obwohl sie meinten, sie hätten so einen weiteren Blick in die Welt. Das erinnerte ihn immer wieder an ein

Goethe-Zitat: Den Teufel spürt das Völkchen nie, selbst wenn er es am Kragen hätte. Mephistopheles sagte dies einst zu Doktor Faust in Auerbachs Keller, aber es heute so gut wie damals.

Und nun ereignete sich in seinem Leben wieder einer jener merkwürdigen „Zufälle", die ihn die Suche nach jenen Übergängen von der sichtbaren in die unsichtbare Welt nicht hatte aufgeben lassen.

Bei seinem Blick aus dem Fenster des Cafés, an dem er saß, fiel sein Blick plötzlich auf einen Mann, der sich im Unterschied zu den anderen vorübereilenden Passanten sehr langsam fortbewegte, ja mitunter stehenblieb und wie gedankenverloren in sich hineinzuhören schien.

Er erkannte ihn sofort als den Ehemann einer Krebspatientin, die er bis zu ihrem Tod vor einigen Monaten ärztlich betreut hatte.

Er verspürte trotz seines gerade gefassten Entschlusses im Augenblick wenig Lust auf eine Wiederbegegnung, er würde sich wieder einmal die gesamte Krankengeschichte anhören müssen, und als er dies dachte, musste er fast über sich lachen, Theorie und Praxis fielen bei ihm wieder einmal auseinander, dies hatte ihm seine verstorbene Frau wiederholt vorgehalten, und sie hatte damit recht gehabt, und er hatte sich damit entschuldigt, dass der „Geist eben willig, aber das Fleisch schwach" sei.

Aber hatte er nicht gerade eben noch in sich die Berufung dazu gespürt, eben nicht unbeteiligter Zuschauer wie jetzt hinter einer trennenden Glasscheibe zu bleiben, wie konnte er da in seinem Entschluss jetzt, da es zum ersten Mal um die konkrete Umsetzung ging, schon wieder wankend werden?

Es war für ein Ausweichen bereits ohnehin zu spät, und auch darin erlebte er wieder einen dieser Übergänge, dass ihm die Entscheidung zuletzt abgenommen wurde, dass ein höherer die Führung übernahm, der Mann seiner ehemaligen Patientin hatte „zufällig" aufgeblickt und ihn hinter der Fensterscheibe des Cafés wahrgenommen und ihm zugewunken.

Einige Minuten später stand er an seinem Tisch und fragte höflich: „Darf ich mich zu Ihnen setzen, ich bin froh, dass ich sie getroffen habe."

Er war ein bescheidener Mann von zurückhaltendem Wesen, Frieder Herz mochte ihn, er gehörte zu den Menschen, von denen es zu wenige gab und die von anderen immer wieder mit ihren Ellenbogen zur Seite geschoben wurden.

„Nehmen Sie Platz", sagte er. Und ergänzte: „Herr Reinfeld, nicht wahr?" Der Name passte zu ihm, dachte er. Leise – sanft, ruhig und vorsichtig, das war er wirklich.

„Sie kennen meinen Namen noch", sagte er und er schien sich sichtlich darüber zu freuen, dieses kleine Zeichen von Beachtung tat ihm schon gut.

„Selbstverständlich", sagte Frieder Herz. Und er ergänzte: „Und Matthias ist Ihr Vorname."

Das war etwas, das er sich in seinem Beruf angeeignet hatte, um mögliche emotionale Defizite, die sein eher introvertiertes Wesen bei seien Patienten hinterlassen konnten, auszugleichen, dass er sich irgendetwas Besonderes aus ihrer Vita merkte, um es bei Gelegenheit zu erwähnen. So konnte er sie spüren lassen, dass er Interesse an ihnen hatte.

Sonst – das wusste er – wirkte er oft eher kühl und zurückhaltend, aber dies war nur der äußere Schutz, den er aufbaute, um sein intensives, reiches Innenleben, das wegen seiner hohen

Sensibilität durch starke äußere Eindrücke immer wieder in hohem Maße aufgeregt wurde, zu schützen. Seine Anteilnahme für seine Patienten ging immer sehr tief, sodass er sie oft hinter scheinbar allgemeinen Redewendungen und Floskeln versteckte, sie spielte sich eher tief in seinem Inneren ab, nach außen wirkte er mit seiner schlanken Gestalt, sensiblen Gesichtszügen und hoher Stirn eher wie ein vergeistigter, etwas abwesender Intellektueller, dieser Eindruck hatte sich in seinem Alter mit zunehmender Stirnglatze und starken Brillengläsern noch verstärkt.

Die Kellnerin erschien.

„Was darf ich Ihnen bringen?" fragte sie.

Einen Augenblick zögerte Leisegang, dann fragte er: „Haben Sie Marzipantorte?"

„Und wie wir die haben," antwortete die Kellnerin, sie hatte eine burschikose, dabei aber mütterliche Art, war mittleren Alters und von kräftiger Gestalt, ihr Haar hatte sie zu einem Knoten gebunden, sie ging sichtlich in ihrem Beruf auf.

„Das ist eine unserer Spezialitäten."

Als sie gegangen war, glaubt Leisegang, sich entschuldigen zu müssen.

„Seit meine Frau mich verlassen hat, ich meine, seit sie verstorben ist, suche ich scheinbar etwas Trost im Süßen."

Es war ein Freud'scher Versprecher, dachte Frieder Herz, er hat tatsächlich den Tod seiner Frau so empfunden, als habe man ihn damit treffen wollen, ihm etwas genommen. Und ist sein Wunsch nach Ausgleich durch Süßigkeiten nicht eine verständliche Sucht, eine „Suche" nach etwas, das er verloren hatte. Und offenbarte sich nicht auch in diesem Ersatz nur wieder, wie sehr beim Menschen Seelisches und Leibliches zusammengehörten?

„Ich muss noch einmal mit jemandem über alles sprechen, was meine Frau durchgemacht hate, da sind Sie wohl der beste Gesprächspartner, Herr Doktor," sagte Leisegang. Und dann ergänzte er: „Wenn ich Ihnen nicht lästig bin?"

Ja, dachte Fieder Herz, das ist er mir wohl, und doch ist ja auch richtig, dass er mich anspricht und mich für die seelische Verarbeitung der Krankheit und des Todes seiner Frau in Anspruch nimmt, und es ist ja auch wie die Antwort aus der anderen Welt, dass er mir gerade dann begegnet, als ich mich entschlossen habe, mich nicht auf mich selbst zurückzuziehen, sondern mich weiter um die Menschen zu kümmern, nun nicht auch in erster Linie um ihre körperlichen, sondern mehr um ihr psychischen Nöte und Probleme.

Das kann jetzt kein Zufall sein, und wenn doch, dann eben in dem Sinn, dass mir hier etwas aus jener unsichtbaren, anderen Welt zufällt, einer jener Übergänge zu ihr, nach denen ich suche.

„Wie geht es ihnen, Herr Reinfeld", es war die Frage, mit der er in der Regel seine Patienten empfangen hatte. Reinfeld schwieg eine Weile, er war ein bedächtiger, zurückhaltender Mensch, der sich über alles tiefere Gedanken machte, besonders über das Leid, das seine Frau und mit ihr ja auch ihn getroffen hatte.

„Ich verstehe immer noch nicht, warum es gerade sie getroffen hat, sie war so ein fröhlicher, liebevoller Mensch, für alle war sei voller Anteilnahme, sich selbst und ihre eigenen Bedürfnisse hat sie immer zurückgenommen."

Ja, dachte er, vielleicht war ja genau dies der Grund, warum der Krebs bei ihr ausgebrochen war, weil sie sich ohne Selbstschutz einfach mit ihrem Mitgefühl und Hilfsbereitschaft von anderen hatte ausnutzen lassen ohne an ihre eigene Gesundheit zu denken.

Sie hatte ehrenamtlich als in einem Krankenhaus gearbeitet, ihr Mitgefühl hatte sie jedes Mal schutzlos dem Sterbeprozess der Betreuten ausgeliefert, sie war gleichsam immer mitgestorben. Einmal hatte er mit ihr darüber gesprochen und sie auf die notwendige Distanz als Selbstschutz hingewiesen, aber sie hatte gesagt: „Das ist lieb von Ihnen, Herr, Doktor, dass Sie mich darauf aufmerksam machen. Aber ich kann nicht anders, ich bin eben so, ich leide jedes Mal mit, wenn ich einen anderen Menschen leiden sehe." Einen Augenblick hatte sie geschwiegen, dann lächelnd wie entschuldigend gesagt: „Und wenn ich dann spüre, dass ich ein wenig trösten konnte, freue ich mich, das wiegt doch allen Schmerz auf."

„Ja," sagte Frieder Herz und winkte dabei der Kellnerin. „Ich muss ihnen Recht geben, das Leben ist ungerecht, das hatte Ihre Frau nicht verdient. Trinken Sie eine Tasse Kaffee mit mir und erzählen Sie mir von ihrer Frau. Ich habe Zeit, ich bin jetzt in Rente."

„Ich weiß", sagte Reinfeld, „aber ich will Ihnen nicht auf die Nerven gehen mit meiner Trauer."

Er war so bescheiden wie es seine Frau gewesen war, sie hatten gut zueinander gepasst, so wie auch ihr Namen „Rein" - Feld genau das beschrieb, was sie ausstrahlten: Eine Reinheit ohne Hintergedanken, es war wirklich ein tragisches Unglück, dass sie beide so früh durch den Tod getrennt wurden. Er selber hatte ein ähnliches erlebt wie Reinfeld, auch seine Frau war in jungen Jahren verstorben.

„Tun Sie nicht," beruhigte Frieder Herz ihn. „Wie viele Jahre waren Sie eigentlich verheiratet?"

„Dreizehn Jahre," antwortete Reinfeld. „Sie glauben doch nicht, dass es mit der Unglückszahl zusammenhängt, dass sie gerad in unserem dreizehnten Ehejahr verstorben ist."

Frieder Herz schüttelte den Kopf.

„Aberglauben kann man mit dem Glauben überwinden und ich glauben, Gott ist kein Gott der Toten, sondern der Lebenden", zitierte er ein Wort Jesu. „Ihre Frau lebt, Herr Reinfeld, nur jetzt auf eine andere Weise."

Plötzlich merkte er, dass seine neue Tätigkeit als „sympathischer", einfühlsamer Therapeuten nicht zu der förmlichen Anrede des „Sie" passte, ohne menschliche Nähe war hier kein Heilungsprozess möglich, auch wenn viele Psychologen zu dieser Distanzierung rieten, aber um seine Ziele zu erreichen, musste Frieder Herz sich ähnlich persönlich einbringen und hingeben wie es zu ihren Lebzeiten die Frau seines Gegenübers getan hatte.

Und war es nicht auch so bei seinem großen Vorbild gewesen, der sich in seinem Leben und Sterben ohne Rücksicht auf sein eigenes Leben für andere hingegeben und dabei auch sein Leiden und Sterben in Kauf genommen hatte? –

„Onkel, Du grübelst ja schon wieder", hörte er plötzlich die Stimme seiner Nichte neben sich, sie war vom Schoppen zurückgekehrt und stand nun bepackt mit einigen Tüten vor seinem Tisch. „Onkel" nannte sie ihn immer nur dann, wenn sie meinte, ihn ermahnen zu müssen, sonst war er „ihr Manuel" und sie „seine Christine".

„Christine", erwiderte er, „diesmal war das Grübeln nicht ergebnislos. Ich habe einen Entschluss gefasst und ihn dann auch gleich umsetzen können."

Sie sah ihn fragend an und sagte dann: „Tut mir leid, dass ich dich so lange habe warten lassen. Hast du dich nicht gelangweilt so allein?"

Er lachte und schüttelte den Kopf. „Ich war nicht allein, ich hatte Besuch von einem meiner ehemaligen Patienten."

„Ach du liebe Zeit," bedauerte sie ihn. „Lässt man dich noch immer nicht in Ruhe?"

„Es war schon in Ordnung", beruhigte er sie.

„Er kam sozusagen wie gerufen."

Er hatte sich über eine Stunde mit Reinfeld unterhalten, er hatte ihn dann zu einer Therapiesitzung am nächsten Montag eingeladen in seine Praxisräume eingeladen. Er winkte der Kellnerin, nachdem er bezahlt hatte, blieb sie an seinem Tisch stehen und sagte: „Entschuldigen Sie, darf ich etwas fragen?"

Frieder Herz nickte. „Ich habe eben etwas von Ihrem Gespräch mit dem anderen Herrn mitbekommen, dass Sie ihn in Ihren Gesprächskreis eingeladen haben, da würde ich gerne dabei sein."

Frieder Herz war etwas verwundert, sie wirkte nicht wie eine Frau, die über Einsamkeit und mangelnde Kontakte zu klagen hatte, und er sagte ihr dies auch.

Sie lachte. „Natürlich nicht, aber der Herr tat mir leid, und ich würde Ihnen gerne dabei helfen, ihm und anderen neue Lebensfreude zu geben, ich glaube, das ist so ziemlich meine wichtigste Lebensaufgabe." –

Zu Hause setze Frieder Herz sich zuerst wieder einmal vor die Fotografie seiner verstorbenen Frau, es war ein Ritual, das er jeden Tag mindestens einmal vollzog, und sprach mit ihr, und jedes Mal wurde sie in seinem Herzen lebendig, die engelhaft zarte Schönheit ihres Gesichtes überwältigte ihn immer wieder.

Er hatte erkannt: Alles wahrhaft Schöne ist liebenswert und alles Liebenswerte ist schön, wahre Schönheit und wahre Liebe wollen beide Ewigkeit, wollen und sollen nicht wie die Erde vergehen, nicht zur Hölle fahren, sondern in den Himmel kommen. Friedrich Nietzsche hatte geschrieben: Weh spricht: Vergeh! Doch alle Lust will Ewigkeit, will tiefe, tiefe Ewigkeit.

Wie schade, dachte Frieder Herz, dass der Pfarrerssohn Nietzsche Gott für tot gehalten hatte, dass ihm die unvergängliche Freude verborgen geblieben war, die dadurch möglich und wirklich geworden, dass einer das ganze Weh und Vergehen und Zerstören dieser Welt durchlitten und in ewiges Heil verwandelt hatte, Jesus, der Retter, der Heiland, der Sohn Gottes, den Gott selbst aus Liebe zu seinen Menschen gesandt hatte, damit sie nicht verloren und die Hölle, sondern ins ewige Leben in den Himmel kommen. Dies Heil sollte er nun individuell und mit seinen besonderen Begabungen den Menschen bringen, die nicht nur an ihrem Körper, sondern an ihrer Seele krank geworden waren. So, dachte Frieder Herz, sollte er im Gegensatz zu seinem Namensvetter, der Gott geleugnet hatte, als Friedensstifter wirken und die wahre Bedeutung seines Vornamens verwirklichen.

Beim Betrachten des Bildes seiner verstorbenen Frau versank er wieder in ihren strahlenden Augen, die ihn so liebevoll anblickten, die reine Schönheit ihres Gesichtes, ihre sanften Augen berührten ihn wieder zutiefst in seiner Seele, und er erkannte: Ewigkeit ist ein immer gleichbleibendes lebendiges Fühlen der Liebe und des Glücks, das sich nie verbraucht, sondern immer frisch bleibt, in ihm ist keine Zeit, die vergeht, nein, in einem Augenblick ist alle Ewigkeit zusammengefasst, dieses Wunder hatte sie ja für sich immer gewünscht, alt zu werden und jung zu bleiben, dass es sich jetzt auf diese Weise erfüllte, hatten sie beide nicht gedacht, aber ihr beider Schöpfer, der ja auch der Schöpfer ihrer Liebe war, hatte es so bestimmt, und er hatte ihnen damit bereits einen Vorgeschmack auf den Himmel gegeben, dass sie jetzt in ihrer himmlischen Liebesehe bereits Gott als ewige Quelle der Liebe erfuhren, die nie durch die Vergänglichkeit der Zeit zu einem wegfließenden oder stehenden Wasser wurde, nein, ihre Liebe blieb immer im Status nascendi, immer frisch, immer ein göttliches Wunder.

2. Kapitel

Die „Plauderstunde"

Frieder Herz hatte in der Begegnung mit Menschen immer wieder festgestellt, dass Lebensweisheit – besonders als Herzensweisheit und Gotteserkenntnis – nicht an den Intellekt und die Bildung eines Menschen gebunden war. Gut und gern erinnerte er sich immer wieder an jenen älteren Rentner Helmut Diemel, mit dem er auch über religiöse Themen ins Gespräch gekommen war, und als die bei der Theodizee-Frage, nach der Gerechtigkeit Gottes bei aller Ungerechtigkeit in dieser Welt angelangt waren, hatte dieser einen Satz gesagt, den er nie mehr vergessen hatte, er war für ihn zu einem Art Schlüssel zum Eingang in jene Übergänge geworden, nach denen er suchte. „Wenn Sie mich fragen, warum Gott all das Unrecht und Leid in dieser Welt noch zulässt, Herr Doktor, dann kann ich nur sagen: Damit wir die Sehnsucht nach dem Himmel nicht verlieren".

Die Rechnung ging nicht auf, wenn man allein von der Existenz dieser Welt ausging, dann konnte

Gott möglicherweise doch tot sein, denn am Sieg der Gerechtigkeit und des Friedens und der Liebe war er nicht erkennbar. Sein Heil ging im Wohl dieser Welt nicht auf, „hoffen wir allein in diesem Leben auf Christus, so sind wir die elendesten unter allen Menschen" zitierte er den Apostel Paulus. „Nein, uns wird es nicht anders ergehen wie dem, dem wir nachfolgen: Durch das mit ihm leiden an und in dieser Welt werden wir auch mit ihm leben und herrschen in der neuen gerechten Welt Gottes. Vor seinem Angesicht werden einmal Erde und Himmel fliehen und es wird keine Stätte mehr für sie gefunden." Frieder Herz bewunderte seine Bibelfestigkeit, sie war nicht etwa nur angelesen, sondern kam ihm aus dem Herzen, und es gab für ihn keinen Zweifel, dass er auch Helmut Diemel zu seinen Therapiesitzungen einladen würde, er war neben seinem Beruf als Handelsvertreter ehrenamtlicher Laienprediger in einer christlichen Gemeinschaft.

In seinem Beruf hatte er sich ein Zuvorkommendes Verhalten angewöhnt, das für Frieder Herz oft an Servilität grenzte, aber vielleicht war diese Unterwürfigkeit auch Teil seines angeborenen Charakters, den er in seinem

Beruf auslebte, um Kunden und in seinem Ehrenamt als Prediger, um Seelen zu gewinnen. Allerdings wäre es verfehlt gewesen, hätte man ihm Bigotterie vorgeworfen, seine Frömmigkeit war keineswegs aufgesetzt, seine Bibelworte waren keine bloßen Zitate, nein, sie kamen ihm irgendwie doch von Herzen, das hatte Frieder Herz sogleich gespürt.

Seinerzeit war er wegen Bluthochdruck, den er auf den dauernden Druck in seinem Beruf zurückführte, zu Frieder Herz gekommen war, jetzt war er Rentner und suchte nach weiteren Betätigungsmöglichkeiten, mit denen er seine Zeit ausfüllen konnte, hier im Austausch mit anderen Menschen konnte er seine Gedanken, die er sich über Gott und die Welt gemacht hatte, an den Mann und an die Frau bringen. „Plauderstunde" – so nannte Frieder Herz das Treffen, zu dem er nun Interessierte seiner ehemaligen Patienten einlud, der Name sollte das Niederschwellige seines Therapieangebotes wiedergeben.

Mit ihm ging er nun auf einem Weg, den er einst begonnen, dann aber zugunsten eines anderen abgebrochen hatte: Da er sich nicht sicher war, welchen Berufsweg er einmal einschlagen werde, auf jeden Fall aber den tiefen Wunsch in sich verspürte, anderen Menschen zu helfen, hatte er zunächst Theologie und danach Medizin studiert und sich schließlich dafür entschieden, zunächst Menschen in ihren körperlichen und dadurch gewiss auch in ihren seelischen und geistigen Nöten zu helfen.

Jetzt aber war die Zeit gekommen, wo er es umgekehrt machen konnte, er konnte Menschen in ihren seelischen und geistigen Problemen, in ihrem Fragen und Suchen nach dem letzten Sinn des Lebens nahekommen. –

Frieder Herz erkannte gleich in der ersten Stunde, dass die Therapie bereits damit begann, dass sich Menschen begegneten und miteinander ins Gespräch kamen. Eingeladen hatte er neben Matthias Reinfeld drei weitere seiner ehemaligen Patenten: Fritz Stern mit dessen Frau Sabine, sein Problem war, dass man ihn zu früh in Rente geschickt hatte, und er danach nichts mehr mit sich und dem Leben hatte anfangen können. –

Und Sigrid Frieling, sie hatte ein Problem mit ihrer hohen Sensibilität und ihrem Anspruch, möglichst leid-frei durchs Leben zu kommen.

Organisch hatte ihr nie wirklich etwas gefehlt, aber sie hatte auf regelmäßigen Untersuchungen bestanden. „Wenn in Australien ein Floh hustet, denken Sie, es ist ein Erdbeben", versuchte Frieder Herz ihr auf humorvolle Weise Verständnis und Geduld für sich selber zu vermitteln.

Sie lachte und nickte: „Das kann schon sein", sagte sie. „Aber was kann ich dagegen machen."

„Das wollen wir gemeinsam herausfinden", antwortete er.

Es geschah nun etwas im wahrsten Sinne des Wortes Wundersames im Leben des Frieder Herz: Seine Bitte um Übergänge aus dieser Welt des Sichtbaren in jene Welt des Unsichtbaren wurde erfüllt. Und zwar dadurch, dass nicht er etwa der Gebende in den „Plauderstunden" war, sondern so, dass sich nacheinander die besonderen Lebenserfahrungen und Erkenntnisse seiner Gesprächsteilnehmer in seinem eigenen Leben ereigneten. Es begann mit Helmut Diemel und seinem Glauben daran, dass diese Welt des Sichtbaren keinen dauerhaften Bestand habe, sondern sich einmal in Nichts auflösen würde, dann, wenn die „creatio ex nihilo" sich in eine „creatio in nihilo" umkehrte.

Der fromme Helmut Diemel, der traurige Witwer Matthias Reinfeld, der frustrierte Fritz Stern und dessen Frau Sabine, die übersensible Sigrid Frieling, die die Flöhe husten hörte und die mütterliche, vitale Kellnerin Regine Steinbach – sie alle wurden ihm zu den Übergängen, nach denen er schon so lange gesucht hatte.

Gleich zu Anfang machte Frieder Herz deutlich, dass er sich nun nicht mehr in der Rolle des distanzierten Arztes, sondern als Teilnehmer und Teilnehmern einer Gesprächsrunde sah: „Ich und meine verstorbene Frau haben ja Ähnliches erlebt wie Du und Deine Frau, Matthias," offenbarte er Matthias Reinfeld – dass sie sich alle untereinander Duzten hatten sie bereits beim ersten Treffen ausgemacht, ohne das Wagnis dieser Nähe, die das Du ausdrückte, ohne sich näher zu kommen konnten sie nicht weiterkommen, das hatten sie alle erkannt, wie sich diese Nähe gestalten und was sie mit ihnen machen würde, das blieb abzuwarten, aber dass sie sie riskieren mussten, das war ihnen allen klar.

Fritz Stern war mit fünfzig Jahren in Rente gegangen, man hatte ihm zwar noch eine Arbeitsstelle in seiner Zweigniederlassung seiner Firma in Mittelamerika angeboten, aber das hatte er abgelehnt, und so verbrachte er nun seine Jahre ohne wirklichen Lebensinhalt und verbittert über das „Unrecht", das man ihm angetan hatte.

Helmut Diemel, ebenfalls Rentner, hörte ihm aufmerksam zu, als er über sein Schicksal und die mangelnde Wertschätzung seines Arbeitgebers klagte. „Wieviel Jahre habe ich noch?", fragte er am Schluss seines Lebensberichtes und schaute sich fragend in der Runde um.

Alles blickte auf Frieder Herz, aber dieser hatte sich fest vorgenommen, sich zunächst zurückzuhalten.

Er wollte nicht mehr in die Rolle dessen gedrängt werden, der schnelle, praktikable Lösungen bereit hielt, überhaupt wollte er sich für alles mehr Zeit nehmen, sich zu nichts mehr drängen lassen, und so hatte er auch den Sommer und den Winter verstreichen lassen, bis er mit den „Plauderstunden" begann, sie fanden in seinem Arbeitszimmer statt, hier hatte er Stühle in einen

Halbkreis gestellt, von seinem Platz konnte er durchs Fenster in seinen Garten sehen, dort zeigten sich im beginnenden Frühling die ersten Blüten, es herrschte die Farbe Gelb vor, gelbe Forsythien, hellgelbe Narzissen, deren volkstümlicher Name Osterblumen an das nahe Auferstehungsfest erinnerte, gelborangene Tulpen – nur die Kamelien setzten sich mit ihrem Dunkelrot eigenwillig ab, die Natur war in diesem Jahr bereits ungewöhnlich fortgeschritten, eine Folge des Klimawandels, stellte man allgemein fest. Aber durch solche Negativtendenzen würde er sich nicht die Freude an der Natur nehmen lassen, hatte er sich gesagt, immer schon war ihm jeder neue Frühling ein Abbild und eine Verheißung jenes ewigen Frühlings im Himmel, nach dem er sich so sehr sehnte, und jetzt schien sie ihm auch ein Abbild dessen zu sein, was sich hier unter ihnen in dieser Menschenrunde an neuem Leben tut oder doch tun sollte, worauf sie jedenfalls alle hofften.

„Dein Leben scheint Dir nur deshalb sinnlos," sagte Helmut Diemel, „weil Du denkst, Du seist nur etwas wert, wenn du etwas leistest. Aber nicht das, was wir tun, sondern was Gott für uns getan hat, ist wertvoll, hat Ewigkeitswert."

Bei seinen Worten war er aufgestanden und hatte mit seinen Händen gestikuliert und auf einen imaginären Punkt hingewiesen, eine Angewohnheit, die er sich bei seinen Reden in der christlichen Gemeinschaft angewöhnt hatte, um seine Worte zu unterstreichen.

„Du hast es gut", erwiderte Fritz Stern. „Du glaubst an Gott, aber ich sehe und erkenne ihn weder in meinem Leben noch in dieser Welt."

„Weil du ihn nicht erkennen willst. Du denkst, wenn es ihn gäbe, müsste er dir ein Leben voll Leistung, Erfolg und Anerkennung gebe. Und aus deinem scheinbar sinnlosen Leben schließt du, dass es ihn nicht gibt. Könnte es aber nicht vielmehr sein, dass er dir gerade dadurch begegnen will, dass er dich zu diesem Nichtstun, wie du es nennst, bestimmt hat, dass gerade darin das Gute besteht, das er dir geben will, nämlich das Erkennen dessen, was er für dich getan hat, und dass du mit deinem Nichtstun ihm näherkommst und ihn mehr ehrst als durch alles eigene Tun? Wer sein Leben erhalten will, der wird es verlieren, wer es aber verliert um meinetwillen, der wird´s erhalten. Denn welchen Nutzen hätte der Mensch, wenn er die ganze Welt gewönne und verlöre sich selbst oder nähme Schaden an sich selbst."

„Das kenne ich," sagte Sabine Stern, „das hat Jesus gesagt." Und als sie merkte, dass ihr Mann unwillig wurde, ermahnte sie ihn: „Hör dir das ruhig einmal an."

Helmut Diemel ließ sich ohnehin nicht aufhalten und Frieder Herz ließ ihn reden, seine Worte waren – so merkte er – kein frommes Gerede, sondern wurden aus echter Überzeugung heraus gesprochen.

„Wenn Gott uns etwas nimmt, will er uns etwas Größeres geben", sagte Helmut Diemel. „Wenn er uns Irdisches nimmt, will er uns Himmlisches geben."

Man sah ihn etwas indigniert an, es klang vor allem Fritz Stern zu fromm, sodass er sich abrupt abwandte, Regine Steinbach spürte, dass sie vermitteln musste.

„Das musst Du uns näher erklären, Helmut," sagte sie. Helmut Diemel nickte.

„Ich will Euch mal erzählen, was ich vor einigen Jahren erlebt habe.

Ich war im Hochsommer zum Einkaufen auf den Parkplatz eines Supermarktes gefahren.

Vorausschicken muss ich noch, dass ich in dieser Zeit große Probleme mit meinen Augen hatte, die mit irrationalen Ängsten verbunden waren. Was nun medizinisch im Einzelnen bei mir vorlag, will ich nicht erzählen, darauf kommt es auch nicht an. Wichtig ist nur, dass ihr wisst, meine Augenprobleme hielten mich so gefangen, dass ich kaum noch Mut und Hoffnung auf ein beschwerdefreies Sehen und Leben hatte.

Aus dieser Sackgasse musste Gott mich herausholen. Und er tat es mit einem Wunder, wie es so seine Art ist, Wunder sind ja bei dem allmächtigen Schöpfer ja die Norm, er ist zwar unsichtbar, aber nicht unbarmherzig, er offenbart sich uns zwar noch nicht von Angesicht zu Angesicht, denn dieses Sehen könnten wir in unserem irdischen Leib noch gar nicht aushalten, erst wenn er uns unseren himmlischen Leib gegeben hat.

Aber er offenbart sich in seinen Werken, zunächst in seinem Mensch - gewordenen Sohn Jesus Christus und dann auch durch ihn in unserem Leben, wenn wir ihn in ihm wirken lassen. Und eines seiner Prinzipien, die wir zu lernen haben, ist dies: Wenn er uns etwas nimmt, will er uns Größeres schenken.

Nun, er nahm mir meine Sonnenbrille, die ich auf die hintere Sitzbank meines Wagens gelegt hatte, bevor ich ausgestiegen und einkaufen gegangen war. Als ich zurückkam, lag sie nicht mehr dort, wo ich sie hingelegt hatte. Aber sie konnte ja nicht einfach verschwunden sein, sich in Nichts aufgelöst haben – so dachte ich wenigstens zunächst, bevor Gott mich eines Besseren belehrte. Es erfolgte zunächst ein intensives Durchsuchen meines gesamten Wagens, auch der Umgebung, denn sie konnte ja hinausgefallen sein, gestohlen worden konnte sie nicht sein, denn das Fahrzeug war bei meiner Rückkehr fest verschlossen.

Als ich mir daraufhin einige Tage später eine neue, bessere Sonnenbrille kaufte und mit der Zeit sich auch mein Augenleiden besserte, begriff ich langsam, was geschehen war.

Gott selbst hatte die alte Brille „verschwinden lassen", um mich so von meinen alten Ängsten und Leiden zu befreien und zu einer neuen Lebensqualität zu führen."

Hier meldete sich der misanthropische Skeptiker Fritz Stern zu Wort. „Man kann sich auch viel selber einbilden", sagte er. „Viellicht hast du deine alte Brille irgendwo anders verloren und sie taucht irgendwann einmal wieder auf."
Helmut Diemel sah ihn mitleidig an.
„Ich wusste, dass du das sagen würdest, und ich weiß auch, dass du mir nicht glauben wirst, wenn ich dir versichere, dass ich sie ganz gewiss auf den Rücksitz gelegt habe und sie ganz gewiss dort nicht mehr gelegen hat. Es war eben ein Wunder."
„Wunder gibt es nicht", beharrte Fritz Stern. Ein Wunder hatte es auch in seinem Leben nicht gegeben, als man ihn einfach entlassen hatte.
Jetzt meldete sich die optimistische Kellnerin Regine Steinbach zu Wort.
Sie wandte sich zu Fritz Stern, und ihr immer schon gutmütiger Gesichtsausdruck nahm nun noch einen besänftigen Zug an, sie hatte diesen ewigen Nörgler in ihr großes Herz geschlossen, sie spürte, dass sie genau das hatte, was er brauchte, Herzensgüte, die ihm seine Frau nicht zu geben vermochte.

„Weißt du was, Fritz," sagte sie begütigend. „Ist es denn eigentlich so wichtig, ob die alte Brille wirklich verschwunden ist – wichtig ist doch nur, dass Helmut neuen Lebensmut gewonnen hat, den wünsche ich dir übrigens auch."

„Nein," wies Helmut Diemel die vermittelnden Worte der mütterlichen Regine Steinbach zurück. „Sie war wirklich und wahrhaftig verschwunden."

„Wer`s glaubt, wird selig," sagte Fritz Stern und winkte verächtlich ab.

Jetzt schaltete sich der Witwer Reinfeld in das Gespräch ein. „Ich glaube dir, Helmut", sagte er. „Als meine Frau noch lebte, hatten wir einmal ein ähnliches Erlebnis, es erschien uns erst unmöglich und unwirklich, aber später merkten wir, dass dahinter eine hilfreiche, höhere Macht stand."

„Erzähle es uns", sagte Frieder Herz. Seine Rolle als Moderator und Therapeut hatte er sich nicht so einfach vorgestellt, aber das Gespräch in der „Plauderstunde" lief wie von selbst, oder – so dachte er – wie ferngesteuert.

„Es war in den ersten Tagen des Krankenhausaufenthaltes meiner Frau. Damals hatten wir noch viel Hoffnung, dass sich alles zum

Besten wenden werde und sie man den Krebs bei ihr durch eine Operation besiegen könnte. Aber es kam dann ja anders, wie Sie Herr Doktor, nein verzeih, wie du Frieder, ja weißt. Ich hatte in der Nacht einen Traum, in dem ich auf dem Schränkchen neben dem Bett meiner Frau eine Uhr stehen sah, ein altertümlicher Wecker, wie man ihn heute nicht mehr gebraucht, ich wunderte mich sehr über den Anblick. Dann aber hörte ich hinter mir eine Stimme sagen, ich solle nicht verwundert sein, wenn ich diese Uhr morgen bei meiner Frau finden würde, sie solle für mich ein Zeichen sein, dass ihre Lebenszeit zwar ablaufe, dass dies aber aus der Hand des Höchsten käme, des großen Uhrmachers, in dessen Hand alle Zeit, auch die Lebenszeit meiner Frau stehe, und dass er es gnädig mit ihr machen werde. – Erst als ich am anderen Tag in das Krankenzimmer und neben das Bett meiner Frau trat, erinnerte ich mich an diesen Traum. Dort stand auf dem Tischchen jener altertümliche Wecker, den ich gesehen hatte, als ich meiner Frau erzählte, dass ich diese Uhr schon einmal gesehen hätte, schüttelte sie zunächst ungläubig den Kopf, sie sei ein Geschenk einer ehrenamtlichen Mitarbeiterin, mit der sie früher zusammengearbeitet hätte, und die sie gestern besucht habe, als ich schon gegangen sei, ich könne sie also keinesfalls schon gesehen haben. Als dann der Arzt uns in einem langen Gespräch über den fortgeschrittenen Zustand ihres Krebsleidens unterrichtete und meine tapfere Frau am Ende fragte: „Dann sagen Sie mir bitte, wie viel Zeit habe ich noch", und der Arzt antwortete, das könne man nicht genau sagen, einige Monate vielleicht – da ging mir bei all meinem Schmerz über das Erfahrene auf, wer mir warum im Traum jenes Zeichen gegeben hatte: Wir sollten in der vor uns liegenden schweren Zeit wissen, dass der Herr der Zeit bei uns ist."

Jetzt konnte Matthias Reinfeld nicht mehr weitersprechen, die Erinnerung an den Leidensweg seiner Frau übermannte ihn und er unterdrückte nur mühsam ein Schluchzen.

„Wenn du weinen musst, Matthias, dann weine", sagte Frieder Herz und legte dabei den Arm um Reinfelds Schultern. Warum habe ich das eigentlich früher in meiner Zeit als praktischer Arzt nie getan, fragte er sich, warum habe ich meine innere Nähe und Anteilnahme immer hinter meiner äußeren Distanz versteckt?

Und er sah noch einmal in die Runde als sähe er diese Menschen zum ersten Mal:

Helmut Diemel, von untersetzter Gestalt, ein sonst unscheinbarer Mann, aber wenn er tief überzeugt und in eindringlichen Worten von seinem Glauben sprach, merkte man, was in ihm steckte, manchmal eine winzige Spur zu sehr ein religiöser Fanatiker, dachte Frieder Herz, aber immer noch im Bereich des Erträglichen.

Und da war der Witwer Matthias Reinfeld, ein feiner, sensibler Mann, schlank, von mittlerer Größe, es fehlte ihm etwas an Selbstbewusstsein, das hatte ihm in seiner Tätigkeit als Lehrer an einem Gymnasium für Deutsch, Geschichte und Religion immer wieder zu schaffen gemacht, aber er hatte dadurch auch kämpfen und leiden gelernt, bei Frauen kam er ausgesprochen gut an, wie jetzt auch bei der mütterlichen Regine Steinbach, die sich gleich neben ihn gesetzt hatte. Sie hatte als Kellnerin schon den richtigen Beruf gewählt, dachte Frieder Herz, sie brauchte den Kontakt mit Menschen, brauchte es, gebraucht zu werden, man hätte auch sagen können, sie wusste mit ihrer Liebe nicht, wohin. Sagte man von manchen Menschen, sie seien liebesarm, so konnte man von ihr sagen, sie sein liebesreich.

Und das Ehepaar Fritz und Sabine Stern, was für ein Misanthrop, dachte Frieder Herz, und was für ein Unglück, dass man ihn viel zu früh aus seiner Firma und damit aus dem Berufsleben entlassen hatte, denn der Beruf brachte automatisch die notwendigen Sozialkontakte mit sich, wenn man wie der introvertierte Fritz Stern nicht in der Lage war, selbst für solche zu sorgen, wurde das Leben zur Langeweile und zur Qual, das galt ja auch für ihn, Frieder Herz, selbst, und er war froh, dass er auf die Idee der „Plauderstunde" gekommen war.

„Es gibt ja auch Menschen, die tauchen plötzlich in unserem Leben auf und verschwinden dann wieder so plötzlich, wie sie gekommen sind," sagte er. „Es ist ähnlich wie mit deiner verschwundenen Brille, Helmut, und es geht einem erst später auf, welche Bedeutung sie für uns gehabt haben. Das muss ich euch einmal erzählen."

Es war wirklich eine Plauderstunde, zu der er da diese Menschen zusammengerufen hatte, völlig zwanglos, auch in ihm, Frieder Herz, sahen sie nicht in erster Linie den Arzt, sondern einen der war, wie sie selbst, und – so dachte Frieder Herz – das war die beste Voraussetzung dafür, dass sie von ihm auch Hilfe annehmen würden.

„Es war während meiner Studienzeit in M. Damals kannte ich meine verstorbene Frau noch nicht, ich hockte oft allein auf meiner Studentenbude und sehnte mich nach echter Freundschaft, eben nach einem Menschen, mit dem ich meine Gedanken und Gefühle austauschen konnte. Zwar hatte ich lockeren Kontakt zu einigen Kommilitonen, aber er beschränkte sich auf die gemeinsamen Seminare und Vorlesungen, die man besuchte, mich einer Burschenschaft anzuschließen widerstrebte mir, dazu war und bin ich viel zu sehr Individualist.

So hatte ich mich fast mit meinem Alleinsein wie mit einem Dauerzustand abgefunden, insgeheim aber die Sehnsucht nach Seelengemeinschaft mit einem Menschen, dem ich mich restlos anvertrauen konnte, nie aufgegeben.

Dann geschah plötzlich das Wunder: Ein Kommilitone fragte mich nach einer Vorlesung, wo ich denn wohne und als wir feststellten, dass wir nur wenige Straßen voneinander entfernt wohnten, machten wir uns gemeinsam auf den Heimweg.

Zum ersten Mal seit Studienbeginn erlebte ich so etwas wie gegenseitige Zuneigung und den beiderseitigen Wunsch nach emotionaler Nähe, er war einen Kopf kleiner als ich und etwas jünger, mir fiel die Führungsrolle in unserer Beziehung zu, auch redete ich mehr als er, aber was er sagte hatte Gewicht, er traf damit immer den Nagel auf den Kopf. Für einige Monate wurden wir wirklich enge Freunde, wir waren unzertrennlich, wie ich dies noch nie erlebt hatte, wir verbrachten alle freie Zeit miteinander.

Er offenbarte mir seine geheime Liebe zu einer Mitstudentin, die ich auch flüchtig kannte, und er bat mich, ihm dabei zu helfen, sie näher kennenzulernen. Und genau dies war wohl dann auch das beginnende Ende unserer Freundschaft, denn als wir das Mädchen in die Cafeteria einluden und mit ihr ins Gespräch kamen, geschah das, womit wir beide nicht gerechnet hatten: Statt sich für meinen Freund zu interessieren, verliebte sie sich wohl in mich, jedenfalls berichtete mein Freund mir einige

Tage später, als er sie nach einer Vorlesung wieder angesprochen habe, habe sie nur nach mir gefragt. Und während er mir das erzählte, verdüsterte sich sein Gesicht und statt der ihm sonst eigenen Freundlichkeit spürte ich Ablehnung, ja so etwas wie Hass.

Als ich ihn einige Tage später besuchen wollte, war sein Zimmer verschlossen und auf meine Nachfrage hin erzählte die Vermieterin mir, ihr Untermieter sei ausgezogen, wohin, wisse sie nicht, er habe gesagt, er wolle die Uni wechseln. Ob er mir irgendetwas hinterlassen habe, irgendeine Nachricht, fragte ich, aber sie verneinte. Ich habe meinen Freund, der so plötzlich verschwand, wie er in meinem Leben aufgetaucht war, nie wiedergesehen. Und ich frage mich, welchen Sinn unsere Beziehung überhaupt gehabt haben soll, wenn sie sich in nichts auflöst, kann sie auch nur nichts gewesen sein – eine Illusion, eine reine Projektion eigener Wünsche, die schließlich an der Realität zerbrechen muss. Dies ist mir übrigens in meinem Leben immer wieder begegnet: Je enger und intensiver eine Beziehung war, um so radikaler war dann auch der Bruch, so als, provozierten die

Anziehungskräfte gleichzeitig auch die der Abstoßung, ja der Aggression, bei aller gefühlten Nähe bin ich wohl dann immer nur bei mir selber geblieben, habe nicht wirklich den Menschen gesehen, dem ich da begegnet war, sondern nur meine Wunsch-Projektionen, die sich dann in Nichts auflösten, eine Scheinwirklichkeit."

Frieder Herz hielt einen Augenblick inne, die Therapierunde, die sie miteinander bildeten, war ja auch für ihn selbst ein Gewinn, merkte er immer mehr, die rückhaltlose Offenheit füreinander war dabei die Voraussetzung für den seelischen Heilungsprozess, der sich vollzog.

Helmut Diemel nickte.

„Eure Freundschaft war eine Illusion", sagte er. „Es gibt keine ehrliche, reine Freundschaft zwischen Menschen mehr, weil es keine reinen Menschen mehr gibt, so wie das Neue Testament sagt: Habt nicht lieb die Welt noch was in der Welt ist, weil diese ganze Welt und alle Menschen durch die Sünde zutiefst verdorben sind. Es kann zwischen wiedergeborenen, gereinigten Menschen und Unreinen auf Dauer keine Gemeinschaft geben, mit den Ungläubigen sollen die Gläubigen nicht unter fremdem Joch ziehen, wer der Welt Freund sein will, wird Gottes Feind sein, und das wollte dir Gott wohl mit dieser Erfahrung sagen: Ich will zuerst dein Freund sein, und danach sollst du alle deine anderen Beziehungen ausrichten."

„Das wird es wohl gewesen sein," stimmte Frieder Herz ihm zu. „Jetzt, da ich euch von dieser meiner Erfahrung aus meiner Studentenzeit berichte, wird mir eigentlich etwas ganz bewusst, was ich damals wohl lernen sollte: Meine Ich-Einsamkeit auszuhalten und ihr nicht entfliehen wollen.

Nun aber lebe nicht mehr ich, sondern Christus lebt in mir, sagt Paulus. Weil er uns der Nächste sein will, können und sollen wir unsere Ich-Einsamkeit aushalten und sie nicht mit einem Ersatz füllen. Deshalb muss uns Gott immer wieder etwas nehmen, wenn es für uns heilsam ist, auch Menschen, damit er uns der Nächste und Wichtigste bleibt, für den sich jedes Opfer lohnt, denkt an Abraham, von dem Gott forderte, dass er ihm seinen Sohn Isaak opferte."

„Verschwundene Menschen, verschwundenen Gegenstände," sagte Helmut Diemel. „Das zeigt doch nur, dass es eine unsichtbare höhere

Wirklichkeit hinter der äußere, sichtbaren gibt. Und einen Unsichtbaren, der über alle und alles herrscht. Der große Widerstreit, ob die Welt eine objektive Realität oder nur ein subjektives Erleben ist – er lässt sich ja nur dann beenden, wenn man zur Welt und zum Menschen noch den unsichtbaren Schöpfer des Sichtbaren und Unsichtbaren hinzufügt, weil er der Schöpfer von Ich und Welt ist, kann er auch beides miteinander vereinen, auf einer höheren Ebene."

Frieder Herz musste lachte, entschuldigte sich dann aber sofort bei Helmut Diemel.

„Entschuldige, Helmut," sagte er. „Das hörte sich jetzt für mich sehr nach der Dialektik Hegels an."

„Das kann schon sein", sagte Helmut Dietel, „das hast du mir wohl nicht zugetraut". An dem Klang seiner Stimme hörte Frieder Herz, dass er ihn tatsächlich gekränkt hatte.

„Religion und Philosophie, Glauben und Denken schließen sich doch nicht gegenseitig aus."

„Ich möchte mal Folgendes dazu sagen", schaltete sich jetzt Matthias Reinfeld in das Gespräch ein, er hielt sich meist lange Zeit zurück, aber was er dann sagte, fand Frieder Herz, war von erstaunlicher Originalität.

„Je älter ich werden, umso weniger selbstverständlich wird mir die Welt. Ich möchte einmal einen Ausspruch von Sokrates abwandeln, der bekanntlich gesagt hat: Ich weiß, dass ich nichts weiß. Ich sage: Mein Wissen hindert mich daran, zum wahren Wissen zu gelangen, denn die Welt, wie sie uns erscheint, ist wahrhaftig nur ein Schein, und so komme ich der Wahrheit näher, wenn ich mir eingestehe, dass das wahre Wesen der Dinge uns immer verborgen bleibt, weil es unsichtbar ist. So ist unser Welt-Wissen nur ein vorläufiges, das keinen festen Bestand in sich selber hat, sondern dessen Aufgabe es ist, uns das wahre Wesen hinter allen Erscheinungen erahnen zu lassen."

„So ist es," bestätigte Helmut Diemel. „Das hat die Phänomenologie richtig erkannt. Es ist die einfache Wahrheit des Neuen Testamentes: Wir, die wir nicht sehen auf das Sichtbare, sondern auf das Unsichtbare. Denn was sichtbar ist, das ist zeitlich; was aber unsichtbar ist, das ist ewig.

Mir ist es eigentlich jeden Morgen wieder neu ein Wunder, dass die Welt ist und nicht viel weniger nicht ist, es ist keine Selbstverständlichkeit, sondern Gottes Gnade, dass er sie trotz ihrer

Schein-wirklichkeit erhält, obwohl sie voller Schein, Trug und Betrug, Lüge und Unwahrheit ist. Morgens sitze ich in der Dämmerung voller Spannung in meinem Wohnzimmer und sehe in meinen Garten hinein und staune jedes Mal, wenn sich langsam mehr und mehr die Silhouetten der Sträucher und Bäume im ersten Sonnenlicht abzeichnen, nein, aus sich selbst verständlich ist das nicht, sondern an jedem Tag wieder nur aus der Gnade des Schöpfers und Erhalters dieser Erde verständlich. - Aber einmal wird das Wesen dieser Welt vergehen, sagt der Apostel Paulus, deshalb sollen die, diese Welt gebrauchen sein, als gebrauchten sie sie nicht, damit sie nicht ihrem Schein glauben und verfallen, sondern dem Unsichtbaren hinter der Welt als sähen sie ihn vertrauen."

„Ich wünschte, ich könnte so denken und glauben wie du", sagte der Misanthrop Fritz Stern.

„Mir haben sie damals einfach die Welt unter den Füßen weggezogen und keiner hat mir geholfen, auch nicht der Unsichtbare dahinter."

„Frag dich doch mal, warum gerade du dich so schwer damit abfinden kannst," wandte sich Regine Steinbach in ihrer energischen Art an ihn.

„Ich kenne viele Frührentner, denen es genauso gegangen ist wie dir, aber sie jammern nicht, sie machen das Beste daraus, spielen zum Beispiel Billard im Park oder schließen sich einer Wandergruppe an. Du machst dir selbst und deiner Frau durch deine Negativhaltung das Leben nur noch schwerer. "

Das rief nun wiederum Sabine Stern auf den Plan. „Mein Mann jammert nicht," sagte sie im scharfen Ton. „Das weisen wir zurück, wir führen eine glückliche Ehe."

„Genau das ist der Grund, warum es bei dir und deinem Mann nicht besser wird, weil ihr nicht wahrhaftig seid, euch selbst und anderen etwas vormacht," sagte die Kellnerin Regine Steinbach. „In meinem Beruf habe ich die Menschen beobachten gelernt. Mir kann so schnell niemand mehr etwas vormachen. Einmal habe ich eine richtig vornehme Gesellschaft bedient, alles ganz feine Leute, dachte ich zuerst. Bis mir dann das Missgeschick passierte: Aus versehen stolperte ich und goss eine Tasse Kaffee über das Kleid einer der feinen Damen. Aber die war plötzlich gar nicht mehr fein. Die Situation macht den Menschen, zeigt, was hinter der Fassade steckt:

Sie verlor jede Contenance und man merkte, was ihr im Leben wirklich wichtig war, nicht ihre guten Sitten, die keineswegs ihre innere Güte spiegelten, sondern alles Äußerliche, mit dem sie sich vor anderen groß darstellen konnte so wie mit ihrem Kleid, für das ich nun aufzukommen hätte. Sie beschimpfte mich ohne aufzuhören, verlangte, meinen Chef zu sprechen, wenn ich nicht bedienen könnte, sei ich unfähig für meinen Beruf."

Frieder Herz nickte. „Das habe ich in meiner Praxis immer wieder erlebt," sagte er. „Erst wenn es ernst wird, offenbart sich, was in uns Menschen steckt."

„Das ist der alte Mensch in uns," schaltete sich jetzt Helmut Diemel wieder ein. „Er muss sterben, damit der neue Mensch in Christus leben kann. Wenn ein Mensch nicht von neuem geboren wird, kann er nicht in das Himmelreich kommen."

„Ich weiß", sagt Frieder Herz. „Das sagte einst Jesus dem Pharisäer Nikodemus, der in der Nacht zu ihm kam, auch er wurde erst einmal von seinem äußeren gesellschaftlichen Stand gefangen gehalten, traute sich nicht tagsüber zu

Jesus zu kommen, da hätten ihn ja die Leute gesehen."

„Das Wesen dieser Welt vergeht", sagte Helmut Dietel. „Wir meinen, wir wüssten, was ein Mensch ist, was ein Baum ist, aber es sind gar nicht die wahren Menschen, die wahren Bäume, die wahren Dinge, die wir sehen, es sind nur vergängliche Abbilder der himmlischen Urbilder, sie werden wir erst im Himmel sehen: Dort wird ein Lebensstrom ausgehen von dem Thron Gottes und des Lammes, mitten auf ihrer Straße und au beiden Seiten des Stromes Bäume des Lebens, die tragen zwölfmal Früchte, jeden Monat bringen sie ihre Frucht, und die Blätter der Bäume dienen zur Heilung der Völker. Und es wird nichts Verfluchtes mehr sein. Und der Thron Gottes und des Lammes wird in der Stadt sein, und seine Knechte werden ihm dienen und sein Angesicht sehen, und sein Name wird an ihren Stirnen sein."

Einen Augenblick hielt Helmut Diemel inne.

„Dann", sagte er, „wird es keine alte, verdorbene Schöpfung, keinen sterbenden Baum, keinen von allen guten Geistern verlassenen Menschen mehr geben, wie du es erlebt hast, Regine, sondern nur noch vom Geist Gottes beseelte Kreaturen: Und es wird keine Nacht mehr sein, und sie bedürfen nicht des Lichts einer Lampe und nicht des Lichts der Sonne; denn Gott der Herr wird über ihnen leuchten, und sie werden regieren von Ewigkeit zu Ewigkeit."

Er schwieg.

Die Begeisterung und Überzeugungskraft, mit der er diese Worte aus dem letzten Buch der Bibel zitiert hatte, hatte alle ergriffen. Selbst der Misanthrop Fritz Stern zeigte ein nachdenkliches Gesicht, Frieder Herz beschloss, die „Plauderstunde" für heute mit diesen eindrücklichen Worten zu beenden.

Frieder Herz hatte während der gesamten Zeit immer wieder hinaus in seinen Garten gesehen und ein Wildtaubenpaar beobachtet, das wie in jedem Jahr, ein Nest in einem seiner Bäume baute. Eifrig waren sie hin und hergeflogen, mit immer neuen Zweigen im Schnabel waren sie im Inneren der Baumkrone verschwunden.

Ob sie es in diesem Jahr wirklich beziehen, fragte er sich. Bisher war es immer nur einer der „tauben Nester" gewesen, mit dem sie Raubvögel ablenken wollten, wie Frieder Herz nachgelesen hatte. Ich werde sie im Auge behalten, die Tauben und meine Mitplauderer, dachte er.

3.Kapitel

Der Garten

Nie hätte Frieder Herz gedacht, dass es zu solch intensiven Gesprächen und Begegnungen in seiner „Plauderstunde" kommen würde.

Hätte er mit jedem der Teilnehmer Einzelgespräche geführt, es wäre nie zu der Kraftentfaltung gekommen, die sie im Miteinander erfuhren gerade dann, wenn sie sich gegenseitig ihre Schwachheiten offenbarten.

Übergänge von der vergängliche, sichtbaren in die unvergängliche, unsichtbare Welt wollte er finden, hier fand er sie, ja finden sollte, wie er mehr und mehr spürte, war auf das Wirken jenes Geistes zurückzuführen, der in Menschen die Wiedergeburt für das Himmelreich bewirken sollte, wie Jesus es dem Pharisäer Nikodemus einst erläutert hatte,

Bei Paulus las er nun weiter, dass dieser Geist ein Angeld auf ihr Erbe im Himmel war. Dieses Erbe war ihnen durch den Glauben an den Sohn Gottes verheißen, und der Geist in ihnen war das Angeld, die Anzahlung, die Garantie für die Restzahlung einmal im Himmel, er kam also selber schon aus dieser unsichtbaren Welt, er war von himmlischer Qualität und hatte den umgekehrten Weg genommen zu dem, nach dem er, Frieder Herz, gesucht hatte.

Ein Stück Himmel auf Erden hatten also die Menschen schon, die von diesem Geist erfüllt waren – dass es sich so verhielt wurde Frieder Herz in einer der nächsten „Plauderstunde" durch den Witwer Matthias Reinfeld bestätigt.

„Ich muss euch erzählen, was ich bisher nur für mich gehalten habe: Meine Frau ist gar nicht tot, mit ihrer Seele bin ich immer verbunden, und wenn ich mir ihr Bild ansehe, strahlt sie mich an, lässt mich tief in ihre sanftmütige Seele schauen und sieht in die meine; wenn ich ihr einen Blumenstrauß auf ihr Grab lege, bedankt sie sich bei mir und führt mich zu Grabsteinen mit tröstenden Inschriften: Nun bleiben Glaube, Hoffnung, Liebe, aber die Liebe ist die größte unter ihnen. Die Liebe hört nimmer auf. Auch die unsere nicht. In ihr bleiben wir miteinander vereinigt, das spüre ich immer wieder. Als ich neulich im Fernsehen per Zufall in die Sendung einer hellsichtigen Frau mit Jenseitskontakten sah, sagte sie plötzlich, als sähe sie und meine mich persönlich: Ihre Frau ist ihnen ganz nahe, und sie führt sie, aber vergessen sie nur nicht den Frühlingsstrauß für sie. – Jetzt frage ich euch, wie konnte sie wissen, dass ich meiner Frau versprochen habe, jedes Jahr im Frühling einen Blumenstrauß auf ihr Grab zu legen?"

Fragend sah er sich in der Runde um, als glaube er, man bezweifle seine Worte, aber niemand widersprach ihm. Im Gegenteil, Frieder Herz bestätigte aus eigener Erfahrung seine Worte.

„Es ist wirklich ein Irrtum, zu meinen, die Verstorbenen seien uns nicht mehr nahe. Mir geht es mit meiner Frau wie dir mit der deinen, Matthias. Auch mir ist sie jedes Mal besonders nahe, wenn ich mir ihr Bild ansehe. Und auch ich hatte ein merkwürdiges Nähe - Erlebnis, als ich zum ersten Mal nach der Beerdigung zum Friedhof fuhr: Genau in dem Augenblick, als ich den Friedhofseingang erreichte, sang eine Frauenstimme auf einer Musik-CD, die ich gerade hörte: When it seems, i am fare, don`t believe it, i am near, keep me on your mind. Und ich spürte, es war meine Frau, die das zu mir sagte, ich sollte nicht meinen, der Tod habe sie mir genommen, das scheine nur so, nein, sie sei mir nahe, und ich soll sie im Gedächtnis behalten, ja, immer an sie denken als sei sie mir unsichtbar aber unmittelbar nahe.

My love is just only fore you, sang die Frauenstimme auf der CD, aber für mich war es meine Frau, die da zu mir sprach, und bei all meiner Trauer war ich plötzlich getrost und von großer, ewiger Freude erfüllt." –

Am Wochenende bekam Frieder Herz wieder einmal Besuch von seiner Nichte Christine. Diesmal aber war sie nicht allein, sondern stellte ihm einen jungen Mann vor, er war groß und schlank, etwas verlegen gab er Frieder Herz die Hand: „Onkel, ich möchte dir Simon vorstellen, er studiert Deutsch und Geschichte, er kommt aus Israel und macht hier bei uns ein Auslandssemester."

Sie saßen in dem Cafe, in dem Regine Steinbach als Kellnerin arbeitete, Frieder Herz hatte ihr seine Nichte vorgestellt und sie hatte in ihrer humorvollen, burschikosen Art gesagt: „Wenn ich da nicht eine Ähnlichkeit sehe, Frieder."

„Wenn, dann nur äußerlich," hatte Christine abgewehrt. „So viel grübeln wie mein Onkel – das ist nichts für mich."

Nach der ersten Tasse Kaffee eröffnete sie dann Frieder Herz den eigentlichen Grund ihres Besuches.

„Weißt du, Frieder," sagte sie, dieser hatte sich einmal ein für alle Mal energisch jede „Onkelei" verboten und ihr gesagt, sie solle ihn bei seinem Vornamen nennen, „im nächsten Monat wollen Simon und ich nach Israel, seine Familie besuchen."

Sie hielt einen Augenblock inne und setzte dann ihr schelmisches Lächeln auf: „Und du kommst mit. Damit du endlich einmal von deinen Grübeleien abkommst."

Frieder Herz schüttelte den Kopf: „Was ist das wieder für eine Idee von dir", sagte er. „Von der wird dein Freund sicher nicht begeistert sein."

„Christine hat mir schon viel von Ihnen erzählt", sagte Simon. Frieder Herz beobachtete sein Gesicht, es zeigte feine, sensible Gesichtszüge, er sprach leise, man spürte ihm seine Verletzbarkeit ab. „Sie haben eine besondere Beziehung zueinander, ich glaube, sie fühlt sich besonders nach dem Tod Ihrer Frau verantwortlich für Sie, und es wäre auch mir eine Freude, wenn Sie mitfliegen würden. Ich würde Ihnen meine Heimat gerne einmal zeigen."

„Das gelobte Land, sozusagen", bekräftigte Christine. „Du wolltest doch immer schon einmal dorthin, wie oft haben wir davon gesprochen, und nun hast du die Gelegenheit dazu. Du musst ganz einfach mitkommen." –

„Das wird eine Wallfahrt, die du nie vergessen wirst, sagte Helmut Diemel, als Frieder Herz in der nächsten „Plauderstunde" von seiner geplanten Israelreise berichtete, zu der ihn seine Nichte und deren Freund überredet hatten.

„Damit erfüllst auch du ein prophetisches Verheißungsgebot: „In den letzten Tagen aber wird der Berg, darauf des Herrn Haus ist, feststehen, höher als alle Berge und über alle Hügel erhaben. Und die Völker werden herzulaufen, und viele Heiden werden hingehen und sage: Kommt, lasst uns hinauf zum Berge des Herrn gehen und zum Hause des Gottes Jakobs, dass er uns lehre seine Wege und wir in seinen Pfaden wandeln! Denn von Zion wird Weisung ausgehen und des Herrn Wort von Jerusalem. Er wird unter vielen Völkern richten und mächtige Nationen zurechtweisen in fernen Landen. Sie werden ihre Schwerter zu Pflugscharen machen und ihre Spieße zu Sicheln. Es wird kein Volk wider das andere das Schwert erheben, und sie werden hinfort nicht mehr lernen, Krieg zu führen."

Ja, dachte Frieder Herz, das wäre ja dann wohl ein ganz entscheidender Übergang von dieser in die andere Welt, nach denen ich immer suche, wenn das messianische Friedensreich anbräche, und wenn ich durch meine Wallfahrt nach Zion ein kleinwenig dazu beitragen könnte.

„Du meinst es ja gut mit deinen Bibelzitaten, Helmut," sagt er. „Doch was könnte meine Reise, meine Wallfahrt dazu beitragen, dass in dieser Welt Frieden wird," sagte er.

Aber auch auf diesen Einwand hatte Helmut Diemel das passende Bibelwort:

„Tausend werden fliehen vor eines Einzigen Drohen. Wenn ihr doch umkehrtet und stille bliebet, so würde euch geholfen; durch Stille sein und Vertrauen würdet ihr stark sein, Gottes Kraft ist in dem Schwachen mächtig," sagte er.

„Dein Wort in Gottes Ohr", sagte Fieder Herz und lachte, wurde dann aber gleich wieder ernst:

„Das mit dem Schwachen, das trifft auf jeden Fall auf mich zu. Ich habe große Angst vor dem Fliegen."

„Wir denken an dich", sagte Regine Steinbach, und die anderen aus der Gruppe nickten zu ihren Worten. „Du musst uns dann alles erzählen, was du erlebt hast." –

In Israel häuften sich für Frieder Herz dann die Übergänge von der sichtbaren in die Unsichtbare Welt. Von ihnen berichtete er in der ersten „Plauderstunde" nach seiner Rückkehr ausführlich.

„Ihr wisst ja," begann er, „dass ich immer auf der Suche nach den Übergängen von der sichtbaren in die unsichtbare Wirklichkeit bin. Derer gab es im Gelobten Land eine Fülle. Ich will aber gleich mit dem für mich eindrücklichsten Erlebnis anfangen, obwohl es äußerlich nichts zu erleben gab, fühlte ich mich hier dem Gekreuzigten am nächsten: Im Garten Gethsemane. Als ich dort unter den Olivenbäumen spazieren ging, da wurde mir plötzlich bewusst, welch schicksalsträchtiger Ort dieser Garten war, denn hier entschied Jesus auf dem schwersten Weg, den je ein Mensch gegangen ist, auf dem Weg zur Gottverlassenheit am Kreuz über das Schicksal der gesamten Menschheit und jedes einzelnen Menschen."

Helmut Diemel nickte. „Ja," sagte er, „und währenddessen schliefen seine Jünger."

„Mir ging die Szene aus den Evangelien durch den Kopf," berichtete Frieder Herz weiter. „Ihr wisst doch, Jesus betet zu seinem Vater: Wenn es möglich ist, dann lass diesen Kelch an mir vorübergehen, aber nicht wie ich will, sondern wie du willst. Wenn Jesus diesen Weg nicht für uns gegangen wäre, gäbe es nie und nirgends irgendeinen Übergang aus dieser sichtbaren in die unsichtbare Welt Gottes, ich könnte meine Suche nach Übergängen getrost, oder vielmehr verzweifelt ganz einstellen."

„Aber zu unserem Glück ist der Heiland ja für uns diesen Weg durch seinen Opfertod am Kreuz zur Auferstehung und zu unserer Rechtfertigung gegangen," meldete sich jetzt auch Sabine Stern zu Wort. Immer wieder hatte sie versucht, ihren depressiven Mann auch mit Worten aus der Heiligen Schrift zu helfen, sie war ihrem ehemaligen Hausarzt sehr dankbar, dass er diese „Plauderstunde" eingerichtet hatte und ihr Mann so wieder „mehr unter die Menschen kam".

„Ja, Sabine", fuhr Frieder Herz fort, „Beides ging mir durch Kopf und Herz, ja ich meinte diese ambivalente Atmosphäre in jenem Garten zu verspüren: Die tiefe Trauer des Todes und der Gottverlassenheit und den Frieden des gehorsamen Sohnes Gottes, der hier einst Satan, Sünde und Tod überwand."

„Überwand", bestätigte Regine Stern und nickte ihrem Mann zu. „Hast du gehört, Fritz – das hat uns auch damals unser Pastor im Konfirmandenunterricht gesagt. Ihr müsst wissen," wandte sie sich an die andere in der Gruppe. „Mein Mann und ich waren damals zusammen im Konfi, wie wir sagten. Leider ist bei uns davon nicht mehr viel hängen geblieben."

„Es hat dem Leben nicht standgehalten", sagte Fritz Stern. „Das Leben spricht eine andere Sprache als die Worte der Bibel."

„Nicht, wenn man an sie glaubt", sagte Helmut Diemel. „Dann überwinden sie die Welt, weil sie eben Worte des Weltüberwinders sind."

„Ich jedenfalls habe mich nirgendwo sonst Jesus so nahe gefühlt wie in diesem Garten Gethsemane," sagte Frieder Herz.

„Weil ich auch spürte: Er hätte sich auch weigern können, diesen Weg ans Kreuz in die Gottverlassenheit zu gehen. Er hätte alles andere als dies verdient, in jedem Augenblick seines Lebens war er seinem Vater nahe und hat er ihm und den Menschen gedient, warum sollte er jetzt dafür in die Gottverlassenheit gehen?"

„Dafür nicht", sagte Helmut Diemel. „Aber für uns, weil sein Vater uns, seine Menschen nicht aufgeben, sondern retten wollte, und das konnte er nur dadurch tun, dass er seinen Sohn die Sünden der Welt und das Gericht über sie auf sich nehmen ließ."

„Ja,", bestätigte jetzt auch der Witwer Matthias Reinfeld. „Das weiß auch ich noch aus meinem Religionsunterricht auf dem Gymnasium, wir hatten einen wirklichen guten, engagierten Theologen. Er hat uns die Reformatorische Entdeckung Martin Luthers erklärt: Gott kann nur der liebe Gott sein, wenn er auch der gerechte Gott sein kann. Und seine Gerechtigkeit konnte allein sein Sohn erfüllen – und das hat er getan, und deshalb kann Gott uns jetzt auch seine Liebe schenken."

„Ich glaube, ich bin die einzige Heidin unter euch," sagte Regine Steinbach. „Ich war nicht im „Konfi", wie ihr sagt, und auch nicht im Religionsunterricht. Meine Eltern waren aus der Kirche ausgetreten und ich war auch nicht getauft."

„Ich glaube, auf kirchliche Sozialisation allein kommt es dabei nicht an", sagte Frieder Herz.

„Die kann helfen, aber letztlich ist der Glaube eine ganz persönliche Frage ganz tief im Inneren, wie ich auch auf meiner Reise im Garten Gethsemane wieder gemerkt habe. Ein „Garten" – ja, das war er dann ja auch wirklich, nachdem sich Jesus zu seinem Weg ans Kreuz entschlossen hatte, die Olivenbäume in Gethsemane wurden mir zum Symbol für die Bäume des Lebens in der himmlischen Stadt, von denen das letzte Buch der Bibel, die Offenbarung erzählt. Diese Lebensbäume wurden ja erst möglich nachdem der Sohn Gottes am Kreuzesbaum des Todes für uns die Verlassenheit von seinem Vater auf sich genommen hat, damit wir ihm jetzt wieder als seine geliebten Kinder nahe sein können."

„Ich weiß, an welche Worte du denkst, Frieder", sagte Helmut Diemel. „Und er zeigte mir einen Strom lebendigen Wassers, klar wie Kristall, d.h. hier im Himmel gibt es keine Unreinheit, keine Sünde mehr. Dieser Strom geht aus vom Thron Gottes und des Lammes, mitten auf der Straße der himmlischen Stadt und auf beiden Seiten des Stromes Bäume des Lebens, die tragen zwölfmal Früchte, jeden Monat bringen sie ihre Frucht, und die Blätter dienen zur Heilung der Völker."

4. Kapitel

Die Baccara - Rosen

Frieder Herz erkannte: Auch wenn der allmächtige Sohn Gottes sich in seiner Barmherzigkeit zunächst erniedrigte bis zum Tod am Kreuz, so verzichtete er am Ende doch nicht auf seinen Machtanspruch und sein Recht auf die ganze Welt, ihm war ja gerade durch seinen Ohnmachtsweg in Niedrigkeit und Verborgenheit alle Macht gegeben worden im Himmel und auf Erden – und einmal würde er sie auch offensichtlich für alle und über alle Menschen ausüben.

„Einmal müssen sich alle Knie vor ihm beugen", sagte Helmut Diemel. „Das ist ein Wort aus der Urgemeinde, das Paulus in seinem Brief an die Philipper zitiert. Aus dem Christushymnus."

„Und ich musste lernen, dass der Auferstandene nach seiner Himmelfahrt immer noch der Gekreuzigten geblieben ist," sagte Matthias Reinfeld.

„Aber gerade als Gekreuzigter ist er auch wieder der Auferstandene.

„Wie meinst du das," fragte Regine Steinbach.
„Du weißt ja, ich tue mich mit der Bibel etwas schwer, aber ich bin lernfähig."
„Kennst du nicht das Bild: Christus als Schmerzensmann?", fragte Helmut Diemel sie.
Als sie den Kopf schüttelte, fuhr er fort:
„Ich bringe es zu unserer nächsten mit, ich meine natürlich nicht das Bild selbst, die Abbildung in meinem Dürer-Buch."
Frieder Herz lachte. „Wenn du das Bild besitzen würdest, wäre das schon eine Sensation."
„Also," ließ sich Helmut Diemel nicht beirren, „auf dem Bild sitzt der Auferstandene gebeugt auf einem Stein, möglich, dass Albrecht Dürer an den Stein dachte, der von seinem Grab weggewälzt wurde. Er stützt den strahlenumkränzten Kopf mit der Dornenkrone in seine Hand, sie trägt noch die Wundmale. Er ist schon der Sieger, der Auferstandene, aber auch das Kreuz prägt ihn noch, er ist noch nicht der triumphale Sieger. Denn das kann er so lange nicht sein, wie noch einer seiner Nachfolger den Kreuzesweg geht, den geht er mit ihm, leidet mit ihm solange, wie er als der Triumphator wiederkommt, dann nicht in Kreuz, Niedrigkeit

und Verborgenheit, sondern in Macht und Herrlichkeit."

„Ich, weiß, was du sagen willst, Helmut," sagte Matthias Reinfeld. „Aber ich glaube, du überforderst uns theologisch. Am besten erzähle ich euch von einem Ereignis während meiner aktiven Zeit als Gymnasiallehrer. Es war eine der schlimmsten Klassen, die ich je hatte, ein normaler Unterricht war kaum möglich, da er permanent gestört wurde, wenn es mir gelang, für einige Minuten die Aufmerksamkeit einiget Schüler für den Stoff zu gewinnen, wurden diese schon bald wieder von anderen abgelenkt, die nicht zur Ruhe kommen wollten oder konnten. Ich sage ausdrücklich: oder konnten. Denn ich stellte fest, dass hinter dem Verhalten besonders der auffälligsten Jugendlichen häusliche Probleme standen, die zur Verwahrlosung der Kinder geführt hatten, man spürte ihnen die fehlende Wärme und Liebe in einer intakten Familie ab, da sie keinen emotionalen Halt bekommen hatten, waren sie haltlos geworden und ließen sich gehen. Ein Junge fiel mir wegen seiner stillen, zurückhaltenden Art dagegen besonders auf, als er eines Tages nicht zum

Unterricht erschien, machte ich mir zunächst wenig Gedanken, als aber nach drei Tagen noch immer keine Entschuldigung erfolgte, rief ich die Eltern an. Der Vater, der sich am Telefon meldete, berichtete mir, dass sein Sohn an akuter Leukämie erkrankt sei, im Krankenhaus läge und in der nächsten Zeit nicht zum Schulunterricht kommen könne.

Als ich dies der Klasse mitteilte, erlebte ich etwas, das sich bisher so noch nicht ereignet hatte: Es wurde minutenlang still, man wollte Genaueres über die Krankheit wissen, ich spürte, dass der Erkrankte große Sympathien genoss – sogar bei den Hauptunruhestiftern.

Wenige Tage später rief der Vater in der Schule an und sagte, sein Sohn sei verstorben, die Ärzte hätten ihm nicht mehr helfen können.–

Die Beerdigung, zu der die gesamte Klasse erschien, werde ich nie vergessen. Einer nach dem anderen trat nach den Worten des Pfarrers ans Grab und legte ein rote Baccara-Rose auf den Sarg ihres ehemaligen Mitschülers.

Als ich am nächsten Tag fragte, was es mit den Baccara-Rosen auf sich habe, blieben alle wieder einen Augenblick still, dann erklärte mir einer der

Haupträdelsführer, der durch den plötzlichen Tod seines Mitschülers hinter seiner rauen Schale jetzt eine ganz andere Seite von sich zeigte: „Wir wussten, dass er Baccara-Rosen liebte, jeden Tag kaufte er sich eine neue. Er war etwas ganz Besonderes, wir vermissen ihn sehr."

Sie hatten einfach alle Hunger nach Liebe und Aufmerksamkeit, weil dieser Hunger nie gestillt worden war, hatten sie keine innere und äußere Orientierung gefunden, ja, sie schämten sich, ihre Gefühle zu zeigen, weil sie nie gelernt hatten sie zu äußern, jetzt aber bei dem plötzlichen Tod ihres Klassenkameraden hatten sie es tun können, jetzt fanden sie Zugang zu ihren Gefühlen, zu ihrer Trauer um einen Freund, den sie gemocht hatten.

Ab diesem Zeitpunkt war die Klasse wie ausgewechselt, sowohl im deutsch- wie im Religionsunterricht kam es zu intensiven Gesprächen über den Sinn des Lebens, über die Frage, was nach dem Tod mit einem Menschen geschähe, ob es einen Gott gäbe."

Matthias Reinfeld hielt inne, in der Erinnerung überwältigten ihn wieder seine Gefühle.

„Das, was du da damals erlebt hast," half ihm Frieder Herz, „war ganz gewiss einer der Übergänge von der einen in die andere Welt, nach der auch ich immer wieder suche".

Matthias Reinfeld nickte. „Ja, es war wie ein Wunder, hatte ich vorher nur einen ungeheuren Kräfteverlust in dieser Klasse erfahren, so war es jetzt genau das Gegenteil: Aus der tiefen Betroffenheit dieser sozial benachteiligten jungen Menschen kam mir eine ernsthafte Suche, ja Sehnsucht nach innerem Frieden entgegen, die mich selbst zutiefst berührte."

„Gott hat gewirkt," stellte Helmut Diemel fest. „Durch den Tod dieses einen hat er Leben hervorgehen lassen."

Einen Augenblick zögerte Matthias Diemel.

„Auch wenn sich das bei dir immer etwas sehr fromm anhört, Helmut, du hast recht. So gut wie ich es konnte, habe ich ihnen dann im Religionsunterricht das Evangelium von dem gekreuzigten und auferstandenen Christus bezeugt, ich hoffe, dass es einige von ihnen im Glauben angenommen haben. –

5. Kapitel

Der Misanthrop

Frieder Herz dachte: Damit hätte ich eigentlich rechnen müssen, es kommt, wie es kommen muss. Durch ihren intensiven Austausch in der „Plauderstunde" wurden emotionale Prozesse in Bewegung gesetzt, deren Richtung und Ziel nicht absehbar waren. So geschah es, dass der Misanthrop Fritz Stern sich in die lebensfrohe Kellnerin Regine Steinbach verliebte.

Ermöglicht wurde dies, so analysierte Frieder Herz, wohl auch dadurch, dass die Beziehung zwischen Fritz Stern und seiner Frau Sabine eine toxische war, eine Art Ko-abhängigkeit war entstanden, Sabine Stern hatte sich völlig von ihrem Mann abhängig gemacht, versuchte ihm jede Schwierigkeit abzunehmen, jede seiner Launen nahm sie hin wie schlechtes Wetter, an dem man eben nichts ändern konnte, ja, manchmal schien es Frieder Herz, als habe sie Angst vor ihm, nicht nur Angst um ihn, dass er sich in seiner Depression etwas antun könnte, nein, auch, dass er ihr etwas antun könnte –

jedenfalls war ihre Ehe weder für sie noch für ihn von positiver Wirkung. Dies berücksichtigend war Frieder Herz auch nur einen ersten Augenblick erstaunt, als er Fritz Stern und Regine Steinbach in einer Ecke des Cafes gewahrte, das er wieder einmal besuchte, um dort bei einem Gang durch die Altstadt eine Kaffeepause einzulegen.

Das musste ja so kommen, „natürlich" hatte diese vitale, mütterliche Kellnerin eine „natürliche" Anziehungskraft auf den Misanthropen Fritz Stern, bei ihr fand er das, was er bei sich selber und bei seiner Frau nicht fand.

Und einen Augenblick überlegte Frieder Herz, ob er einfach wieder gehen und tun sollte, als habe er die beiden nicht bemerkt, aber es war schon zu spät, Regine Steinbach hatte ihn bereits bemerkt und kam an seinen Tisch.

„Das ist nicht so, wie es aussieht", sagte sie, und dann lachte sie. „Weißt du, wie der Spruch dann weiter geht?", fragte sie Frieder Herz. Jetzt lachte auch dieser, teils über die Situation, teils wegen des ansteckenden Lachens, das Regine Steinbach eigen war. „Ja, ich weiß, wie es weitergeht: Wonach sieht es denn aus? Aber im Ernst, was läuft da zwischen dir und diesem Miesepeter."

Der Miesepeter sah nun zu ihnen herüber, machte aber keine Anstalten, sich zu ihnen zu setzen, sondern schien darauf zu warten, dass Regine zu ihm zurückkehrte.

„Warum kommt er nicht zu uns", fragte Frieder Herz. „Er hat doch mitbekommen, dass ich euch erwischt habe."

Regine Steinbach zögerte einen Augenblick. Dann sagte sie: „Das ist es nicht."

„Was ist es dann," fragte Frieder Herz erstaunt.

„Er hat etwas gegen dich", sagte Regine Steinbach und legte dabei ihre Hand auf seinen Arm. „Sei nicht enttäuscht, aber nicht alles ist unserer „Plauderstunde" so wie es scheint."

Jetzt war Frieder Herz so verblüfft, dass es ihm einen Augenblick die Sprache verschlug. „Gegen mich, wieso," fragte er, und Regine Steinbach spürte am Ton seiner Stimme, dass er verletzt war, aber nun musste sie auch mit der ganzen Wahrheit heraus. „Er sagt, du hättest ihn damals falsch behandelt, ohne dich wäre er noch immer berufstätig, du bist für ihn der willkommene Buh-Mann für sein soziales und seelisches Desaster," sagte Regine Steinbach.

Damit hatte Frieder Herz nicht gerechnet, ohnehin neigte er zu einer hohen Verletzbarkeit und Ungerechtigkeiten, schon kleinere ihm oder anderen gegenüber waren für ihn schwer erträglich. „Wie kommt er denn auf solche Gedanken", sagte er und schluckte. „Ich habe als Arzt alles für ihn getan, was in meiner Macht stand."

„Er sagt, sein Arbeitgeber hätte sich wohl bei dir nach seinem Gesundheitszustand erkundigt und du hättest angedeutet, dass er ein Psychopath sein und daraufhin habe man ihn entlassen."

„Das ist glatter Unsinn," sagte Frieder Herz und seine Stimme klang gepresst. „Das bildet er sich ein, ich unterliege der ärztlichen Schweigepflicht, die habe ich nie gebrochen, Unterstellungen und falsche Verdächtigungen sind das, ich werde ihn anzeigen."

Jetzt lachte Regine Steinbach. „Meinst du, dass wäre eine gute Therapie?", fragte sie. „Das würde bei ihm gar nichts ändern, das gleiche Misstrauen hat er auch seiner Frau gegenüber, die macht er auch für alles verantwortlich."

„Du hast recht," sagte Frieder Herz und ärgerte sich über sich selber, dass er für einen Augenblick seine Souveränität verloren hatte. „Das gehört ja zum Erscheinungsbild seiner Krankheit. Wusstest du, dass Querulantentum ein eigenes psycho-pathologisches Krankheitstyp ist?"

„Nee," sagte Geringe Steinbach. „Aber dass es Querulanten gibt, die gerne über alles meckern, das musst du mir als Kellnerin nicht erzählen."

Jetzt hatte Frieder Herz sich wieder im Griff und er fragte: „Und ihr beide, ich meine Fritz und du, habt ihr jetzt ein Verhältnis oder nicht?" –

Wie schnell man doch durch Negatives in ein Negatives Denken hineingerät, dachte Frieder Herz auf der Heimfahrt in der S-Bahn. Überwindet Böses mit Gutem, so heißt es, aber es immer wieder ein Kampf, eher ein geistlicher als ein psychologischer, einer gegen die böse Macht hinter der bösen Tat, hinter dem bösen Wort, dazu braucht es einer anderen guten Kraft, Helmut Diemel würde gewiss von dem Geist des Gekreuzigten sprechen, der noch für die um Vergebung bat, die ihn kreuzigten: Vater, vergib ihnen, denn sie wissen nicht, was sie tun.

Auch einer dieser Übergänge von der einen in die andere Welt, stellte er fest. Kein äußerlicher, sondern einer im Herzen. –

Als Frieder Herz aus dem U-Bahnhof auf die Straße trat, regnete es aus einem trüben, mit grauen Wolken trüben verhangenen Himmel. So muss es in dem Herzen eines depressiven Menschen immer aussehen, dachte er. Aus dem Ärger über Fritz Sterns haltlosen Unterstellungen und Verdächtigungen, die er als bösartig und niederträchtig empfunden hatte, war jetzt Mitleid geworden. Er wusste, dass die Krankheit von dem Erkrankten allein nicht überwunden werden konnte. Tatsächlich brauchte er die Geduld und Liebe seiner Nächsten.

„Natürlich haben wir eine Beziehung", hatte Regine Steinbach auf seine Frage geantwortete. „Aber das Erotische daran ist nicht die Hauptsache, er braucht meine Vitalität und Lebensfreude, da kann ihm seine Frau nicht helfen, sie ist selber liebesarm."

Und Frieder Herz hatte gedacht: Was wohl der fromme Helmut Diemel dazu sagen würde, wenn er von dieser heimlichen Beziehung erführe, aber war nicht diese fröhliche Heidin dem Gebot Jesu, dem der Nächstenliebe näher als mancher Fromme? Und lehrte sie ihn nicht einen Übergang in jene andere Welt, nämlich den durch die Liebe, von der es hieß, dass sie die größte Gabe sei. Aber der überraschenden Übergänge war heute noch kein Ende: Als Frieder Herz seine Haustür aufschließen wollte, legte sich eine Hand auf seinen Arm und eine leise Frauenstimme sagte: „Nimm mich mit rein, ich muss mit dir sprechen."

Als er sich umwandte, stand da Sigrid Frieling vor ihm. Er war wiederum überrascht, dass ihn diese Begegnung gar nicht so sehr überraschte, es war ihm, als realisiere sich plötzlich etwas, das latent in seinem Unterbewusstsein seit längerer Zeit gearbeitet hatte: Er und die sensible Sigrid Frieling hatten eine intensive Beziehung zueinander aufgebaut, ohne dass ihnen dies bisher bewusst geworden war, jetzt aber war der Zeitpunkt dafür gekommen, und Sigrid hatte die Initiative übernommen.

Ja, ja, hörte Frieder Herz schon einen seiner Kollegen sagen, dem er von seiner „Plauderstunde" berichtet und der sein Unternehmen sehr kritisch gesehen hatte: Hat doch Goethe mit seinem Zauberlehrling wieder einmal recht: Die Geister, die ich rief, die werde ich nicht mehr los.

6. Kapitel

Der ewige Frühling der Gefühle

„Ich habe dir eine Botschaft zu bringen", sagte Sigrid Frieling, und es klang nur im ersten Augenblick etwas pathetisch, aber als Frieder Herz sie genauer ansah, bemerkte er den völlig unpathetischen, ja eher nüchternen, aber entschlossenen Ausdruck in ihrem Gesicht.

Sie war von schlanker Gestalt, ihr Haar trug sie schulterlang, es passte zu ihren braunen Augen, und obwohl sie bereits nahe der Fünfziger war, musste sie Haar noch nicht färben.

Sie saßen jetzt in seinem Wohnzimmer, er hatte eine Flasche Rotwein geöffnet und eine CD mit einem Klavierkonzert von Mozart aufgelegt, er wartete darauf, dass sie beginnen würde.

Dass sie beide Seelenverwandte waren, hatten sie zum ersten Mal festgestellt, als sie über ihren Lieblingskomponisten sprachen:

„Wenn ich Mozarts Musik höre ist es, als badete ich in sprudelndem Wasser, das meinen Körper und meine Seele belebt, besonders seine Klavierkonzerte sind ein wahrer Jungbrunnen," hatte Sigrid Frieling gesagt. Frieder Herz hatte lachend erwidert: „Besser hätte ich es nicht sagen könne, genauso empfinde ich es auch. Seine Musik ist von solch fröhlicher, unbekümmerter Lebendigkeit und gleichzeitig von einer so großen feierlichen Heiterkeit oder heiteren Feierlichkeit, dass sie wohl sehr nahe an der Freude der Engel im Himmel ist. Aber du bist gewiss nicht zu mir gekommen, um mit mir über Mozart zu reden?"

„Zuerst einmal eine Frage", sagte sie, und nahm einen Schluck aus ihrem Glas. „Glaubst du eigentlich an Übersinnliches, Parapsychologisches, an Menschen als Medien von überirdischen Wesen." Einen Augenblick hielt sie inne, dann ergänzte sie: „Zum Beispiel von Verstorbenen."

Er wusste noch nicht, worauf sie hinauswollte und zögerte mit einer Antwort.

„Übrigens habe ich darüber bereits einmal mit Helmut Diemel gesprochen", fuhr sie fort, als sie sein Zögern bemerkte.

„Er hat wieder einmal seine Bibel zitiert, einen Bericht über die Kreuzigung Jesu. Da heißt es, dass der Vorhang des Tempels in zwei Stücke zerriss und die Erde bebte und die Felsengräber zerrissen und sich auftaten, und dass viele Leiber der entschlafenen Heiligen auferstanden und nach seiner Auferstehung vielen in der heiligen Stadt Jerusalem erschienen, ein römischer Hauptmann, der dies alles sah, erschrak sehr und sagte: Wahrlich, dieser ist Gottes Sohn gewesen!"

„Ja," sagte Frieder Herz, „wenn man das glaubt, dass Jesus nicht nur Mensch, sondern auch Gottes Sohn war, dann kann man auch an die Auferstehung glauben, denn dann hat er alle Macht im Himmel und auf Erden, wie er selber seinen Jüngern gesagt hat."

Sigrid Frieling nickte.

„Und ich glaube das," sagte sie. „Ich habe mich einmal gefragt, was Auferstehung und ewiges Leben und was der Himmel eigentlich ist."

Frieder Herz war neugierig, zu welcher genialen Beschreibung sie gefunden hatte, denn genial und originell war alles, was sie sagte.

Sigrid Frieling lächelte ihr feines Lächeln.

„Es ist wie ewiger Frühling, nichts verbraucht sich, alle Lebewesen, Blume, Bäume, Menschen sind immer von gleicher Kraft erfüllt und verwelken nie, sie bleiben immer schön und verderben nie."

„Ja", sagte Frieder Herz, und nun kam wieder der Mediziner in ihm zum Vorschein, „und im Frühling verlieben sich die meisten Menschen, durch das Glückshormon Serotonin löst er einen wahren Hormonrausch aus, während im Winter das Schlafhormon Melatonin dominiert, weil es durch die Dunkelheit vermehrt ausgeschüttet wird."

„Kannst du bitte einmal die erste Symphonie von Mozart auflegen", bat Sigrid Frieling jetzt.

„Warum?", fragte Frieder Herz erstaunt, ging aber zum Recorder und wechselte die CDs.

„Weil seine Symphonien nahe an das herankommen, was ich einmal unsere ewigen Frühlingsgefühle nennen will:

Ausgelassenen Innigkeit, traurige Fröhlichkeit, disziplinierte Kreativität, strukturierte Spontaneität, formale Inhalte und inhaltliche Formen, ein gesteigertes Lebensgefühl, das uns von der Erde in himmlische Höhen erhebt."

„Man merkt es doch," sagte Frieder Herz und lächelte. „Was merkt man?" fragte Sigrid Frieling.

„Dass du Dozentin für Philosophie und Kunst bist", antwortete er.

Sigrid Frieling ließ sich durch die leise Ironie in Frieder Herz Worten nicht irritieren.

„Die beschwingte Leichtigkeit seiner Musik erzielt Mozart wesentlich durch einen schnellen Takt, der das Herz höherschlagen lässt, durch die häufige Verwendung von achtel und sechzehntel Noten, die Innigkeit durch Melodien, die ihm vom Himmel zugefallen sind und die keiner Deutung und Übersetzung in irgendeine Sprache bedürfen, sie haben ihre ganz eigene Sprache, die wir auch ohne Begriffe begreifen, weil uns, die Hörer, ergreifen und auf eine Ebene erheben, die dem Himmel schon sehr nahe ist.

Die Frühlingsgefühle beruhen auf der erhöhten Hormonausschüttung — aber weder Mozarts Musik noch das Verliebtsein werden durch solche Analysen wahrhaft erklärt", fuhr sie fort.

„Was soll das werden", fragte Frieder Herz, während er ihr Glas wieder mit Rotwein füllte.

„Eine kostenlose Vorlesung über die Philosophie der Musik und der Gefühle?"

Aber schon als er den Satz aussprach, bedauerte er ihn, er wusste doch, wie empfindsam sie war, und tatsächlich, Sigrids Augen wurden füllten sich mit Tränen.

„Ich kann Ironie auf den Tod nicht ausstehen," sagte sie. „Ich entschuldige mich", sagte er schnell. „Aber ich weiß nicht, wohin du mit all dem hinauswillst. Was hat das mit einem Medium und mit Parapsychologie zu tun?"

„Mozart war so ein Medium", antwortete Sigrid Frieling, sie konnte Frieder Herz nichts übelnehmen, dafür mochte sie ihn zu sehr, dazu waren sie einander zu sehr seelenverwandt.

„Wenn man seinen Lebenslauf liest, wird daraus seine Musik nicht erklärbar, jede Note ist bereits fertig vom Himmel gefallen. Und so ähnlich ist es mir mit deiner Frau gegangen."

Frieder Herz wusste, dass Sigrid Frieling und seine Frau sich nicht wirklich näher gekannt hatten, sie hatten sich nur zufällig einige Male bei ihrem Besuch in seiner Praxis getroffen. Deshalb wunderte er sich jetzt.

„Ja," fuhr Sigrid Frieling fort, „du wunderst dich jetzt, du denkst, ich kannte deine Frau doch gar nicht, was sollte ich da von ihr wissen?"

Frieder Herz nickte.

„Das war auch so – war, sage ich. Aber sie ist mir jetzt im Traum erschienen und hat mich beauftragt, dir einiges zu sagen, das sie dir eigentlich lieber selber gesagt hätte. Aber sie meinte, du seist noch nicht so weit, deine Seele verstünde ihre Sprache noch nicht."

„Ich sehe mir fast jeden Tag ihr Bild an", erwiderte Frieder Herz, nun war er es, der sich verletzt fühlte. „Und in meinem Herzen rede ich dann immer mit ihr."

„Ja," sagte Sigrid Frieling, „das weiß sie und das schätzt sie auch sehr, aber sie sieht auch, wie traurig du immer noch bist, dass sie von dir gegangen ist, sie wäre gerne bei dir geblieben, aber sie hatte einfach die Kräfte dafür nicht."

„Ja," bestätigte Frieder Herz. „Ich glaube, sie war einfach nicht hart genug für dieses Leben, sie wollte nur Schönes und Liebes geben und selber erfahren."

„Sie lebt jetzt mit ihrer Seele in einem ewigen Frühling, aber sie vermisst dich, weil ihr leiblich noch voneinander getrennt seid, sie ist im Totenreich, du bist auf der Erde, aber ihr könnt euch schon jetzt mit eurer himmlischen Gestalt begegnen, das geschieht, wenn du in Liebe ihr

Bild ansiehst, so wie sie dich da ansieht in ihrer jugendlichen Blüte und bescheidenen Anmut, mit ihren reinen, sanften Taubenaugen, so wird sie im Himmel ewig leben, diese Gestalt wird sie ewig behalten - forever young - und dich ewig lieben, das soll ich dir sagen, das sollst du wissen."

Frieder Herz hörte tief betroffen zu, er spürte, dass jedes ihrer Worte die Wahrheit war, allerdings eine Wahrheit, die jedes naturwissenschaftliche Denken überstieg, viele seiner Kollegen würden nur den Kopf über ihn geschüttelt haben, ja, aber einige würden ihn auch verstanden haben, solche, die viele von ganzheitlicher, Körper, Geist und Seele umfassende Medizin hielten.

Er hatte sich selbst eingehend damit beschäftigt: Sollte es wirklich so etwas wie Auferstehung und ewiges Leben für die Menschen geben, wie es das Neue Testament bezeugte, so konnte es nur so geschehen wie Paulus es beschrieb: „Dies" Sterbliche muss anziehen die Unsterblichkeit. Er hatte im Griechischen den Begriff: anziehen nachgelesen und festgestellt, dass er bedeutete: In etwas hineingeraten: So wie „dies", d.h. die

Gestalt des Menschen in seiner Körper, Seele und Geist umfassenden Ganzheit einmal durch seine Sünde in die Sterblichkeit hineingeraten war, so war es durch den Auferstandenen Christus in die Unsterblichkeit, in die Auferstehung, in den Himmel hineingeraten.

„Sie war einfach zu gut für diese Welt", sagte Frieder Herz. „Sie war schon immer auf dem Weg in den Himmel, manche sagten, sie sei verpeilt, aber im Grunde war dies wohl ihre Bestimmung, ihr Wesen, und sie hat sich immer gewünscht, mit mir alt zu werden und jung zu bleiben, wie sie sagte."

„Der Wunsch sollte ihr erfüllt werden", fuhr das Medium Sigrid Frieling fort. „Wen die Götter lieben, den lassen sie früh sterben, sie sollte unschuldig und unbelastet von allem Schweren und Bösen bleiben, deshalb wurde sie so früh von der Erde abgerufen."

„Sie hat sogar noch während ihrer Krankheit ihr positives, optimistisches Wesen behalten," sagte Frieder Herz.

„Ja," bestätigte Sigrid Frieling. „Und die hat sie auch jetzt, sie leidet aber unter eurer leiblichen Trennung, seelisch ist sie dir ja immer nahe, ob du das spürst oder nicht. Aber sie braucht es, dass du ihr Bild immer wieder ansiehst, das Bild ist euer Medium, du holst sie durch dein liebevolles Betrachten aus dem Gefängnis des Todesreiches und verwandelst ihr und die Leiden über eure leibliche Trennung in Freude: Geteiltes Leid ist halbes Leid, geteilte Freude ist doppelte Freude, wie du weißt. Durch selbstloses Mitleiden erreichen wir das Herz eines Menschen und helfen ihm mit unserer Liebe sein Leiden zu tragen und sein Herz wird warm und weit wie eine Blüte sich entfaltet unter den Strahlen der Sonne."

„Ist deine Privatvorlesung für mich kostenlos," fragte Frieder Herz und bedauerte im gleichen Augenblick seine Ironie.

Sigrid Frielings Augen wurden wieder dunkel, sie war schnell verletzbar.

„So war es nicht gedacht," sagte sie.

„Entschuldige," sagte Frieder Herz.

Und als wollte er seine Bemerkung wieder gut machen, fügte er hinzu:

„Aber ich weiß jetzt, warum meine Frau gerade dich zu ihrem Medium erwählt hat.

Du bist genauso empfindsam wie sie, ihr seid Seelenverwandte."

„Sie braucht dich, sie braucht deine Liebe für ihr ewiges Leben in dem jenseitigen Reich, in dem sie jetzt ist," fuhr Sigrid Frieling unbeirrt fort, sie hatte einen Auftrag als Medium aus der jenseitigen Welt bekommen, diesen Auftrag wollte sie vollständig ausführen.

„Sie lässt dir das mit den Worten aus dem Hohen Lied der Liebe sagen: Komm zum Weinberg unserer Liebe, da will ich dir meine Liebe schenken, an unserer Tür sind lauter edle Früchte, heurige und auch vorjährigen, in der Gegenwart und in der Erinnerung will ich bei dir sein, für dich, mein Freund, habe ich sie aufbewahrt. Sie öffnet dir immer ihre Herzenstür, wenn du ihr Bild ansiehst."

Frieder Herz nickte, das hatte er ja im Grunde bereits immer schon gespürt, wenn er in ihre Augen sah: Ihre Augen waren wie Tauben, ihr Wesen, das sich in ihnen offenbarte, war vollkommen rein, ohne Hintergedanken, einfach und unschuldig, tief, sanft, still und friedlich, er konnte sich in ihren Augen verlieren, sie bezauberten ihn, machten ihn bei aller

Traurigkeit über ihren Tod dennoch froh, sie zeigten als Spiegel ihres Herzens ihre Treuherzigkeit, aber auch ihre Schutzbedürftigkeit, ja, Sigrid Frieling hatte recht, sie war auf ihn hin erschaffen, nur er konnte ihr wie das einzige passende Puzzleteil das geben, was sie zum Leben brauchte, seine Liebe. –

Beim nächsten Treffen thematisierten Frieder Herz in der „Plauderstunde" die Unsterblichkeit der Seele und die Frage, welchen Leib sie im Himmel haben würde. Er war gespannt, was der bibelkundige Helmut Diemel dazu zu sagen hatte. „Gott als Schöpfer eine unendliche Speicherkapazität", erklärte dieser, „in ihr hat er die Baupläne aller Menschen aufbewahrt, bei dem Wiederkommen seines Sohnes in Herrlichkeit wird er alle Menschen wiederherstellen, so wie er sie vor aller Weltzeit in seiner Ewigkeit gedacht hat, die Toten werden auferstehen unverweslich und die lebenden werden verwandelt werden ins Unverwesliche. Tod und Vergänglichkeit waren ja nicht die ursprünglichen Absichten Gottes mit dem Menschen, sondern sind durch die Sünde des Menschen eingedrungen in die Schöpfung, nach dem Sündenfall konnte Gott den Menschen nicht mehr ewig leben lassen, denn dann würde ja auch die Sünde, die Gottesfeindschaft ewig bestehen. Jetzt aber, nachdem sein Sohn als Opferlamm Gottes die Sünden der ganzen Welt getragen hat, kann er seine ursprüngliche Heilsabsicht mit dem Menschen, ewiges Leben in Liebe zu ihm und den Mitmenschen, im Himmel, in seinem ewigen Reich verwirklichen."

Dann wandte er sich unmittelbar an Matthias Reinfeld und Frieder Herz: „Ihr beide werdet eure Frauen einmal wiedersehen, sie werden die Menschen sein, die sie einmal waren und so, wie ihr sie geliebt habt – aber nun werden sie ihr Menschsein als eure Frauen ewig ohne Sünde und Sterblichkeit leben.

Weil Gott als Schöpfer, sieht man in seine Schöpfung an, eine reiche Vielfalt kreiert hat, weil er keine Uniformität, sondern Individualität will – wenn schon keine Schneeflocke wie die andere, sondern jede besonders ist, wie erst gilt dies von uns Menschen -- und weil sich die besondere, innere, geistige, seelische Gestalt eines Menschen in seiner äußeren ausdrückt, ja mit ihr eine Einheit bildet, werden die Menschen, die jene Welt erlangen, jene Menschen sein, die sie in dieser Welt waren, aber wie schon gesagt, nun werden sie wieder „sehr gut" sein, wie Gott sie vor dem Sündenfall geschaffen hat, ohne Sünde und sie werden nicht nur geistlich, sondern jetzt auch leiblich das ewige Leben haben. Geistlich haben alle die dieses ewige Leben bereits, die durch den Glauben an den Sohn Gottes den Geist Gottes empfangen haben, dieser Geist ist das Angeld auf den Himmel, er ist die Garantie, dass wir einmal in ihn aufgenommen werden, wenn der einmal Gekommene wiederkommen wird – nun nicht mehr in Niedrigkeit und Verborgenheit, sondern in Macht und Herrlichkeit.

Und weil die Beziehungen zwischen den Menschen, besonders die Liebe zwischen einer Frau und einem Mann so individuell sind, wie die Menschen es sind, wird auch die Liebe zu euren Frauen so sein, wie sie einmal war, wie sie vom Schöpfer gewollt ist, nämlich so, dass ihr eure Frauen braucht und eure Frauen euch brauchen, um der eine ganze Mensch zu sein, den Gott nach seinem Bild geschaffen hat, weil er die Liebe ist, und er will, dass sich seine Liebe in der Liebe zwischen Mann und Frau abbildet, nun nicht mehr auf Zeit in einem irdischen, vergänglichen Leben, sondern ewig."

Weil Frieder Herz ihm vorher das Thema dieser „Plauderstunde" mitgeteilt hatte, war Helmut Diemel ausgezeichnet vorbereitet.

Matthias Reinfeld, der neben Geschichte und Deutsch auch Religion unterrichtete, lobte ihn:

„Das war ein ausgezeichnetes Referat, und es war uns sehr hilfreich, nicht wahr, Frieder."

Frieder Herz nickte.

Allen war ganz feierlich zumute, selbst der Misanthrop Fritz Stern machte ein nachdenkliches Gesicht, offenkundig schien auch er von den Worten beeindruckt, und er weigerte sich auch nicht, seinen Sitznachbarn die Hand zu drücken, als Helmut Diemel sagte:

„Ich habe zum Schluss noch ein wunderbares Wort des Propheten Jesaja, und ich bitte euch, einander an der Hand zu halten, während ich es zitieren, es ist wie für uns gesagt:

Die Erlösten des Herrn werden wiederkommen und nach Zion kommen mit Jauchzen; ewige Freude wird über ihrem Haupte sein; Freude und

Wonne werden sie ergreifen, und Schmerz und seufzen wird entfliehen."

„Das wäre allerdings der Himmel," sagte Frieder Herz. „Ein ewiger Frühling der Gefühle, kein Wechsel mehr zwischen Freud und Leid, so wie Nietzsche sagte: Weh spricht: Vergeh! Doch alle Lust will Ewigkeit, will tiefe, tiefe Ewigkeit. Sie will den ewigen Frühling der Gefühle, aber hier auf Erden gibt es ja nur Leben im steten Wechsel der Gefühle, stete Freude könnten wir ja noch gar nicht aushalten, unser Leib und unsere Seele sind ja wie alles in dieser Welt noch der Erhaltungsordnung unterworfen, wie Gott es nach der Sintflut bestimmt hat: Solange die Erde besteht sollen nicht aufhören Saat und Ernte, Frost und Hitze, Sommer und Winter, Tag und Nacht."

„Aber einmal werden wir den ewigen Frühling haben in jener neuen Welt Gottes", ergänzte der Religionslehrer und Witwer Matthias Reinfeld aus der Offenbarung des Johannes, dem letzten Buch der Bibel. „Und es wird keine Nacht mehr sein, und sie bedürfen nicht des Lichtes einer Lampe und nicht des Lichtes der Sonne; denn

Gott der Herr wird über ihnen leuchten, und sie werden regieren von Ewigkeit zu Ewigkeit".

Und Frieder Herz erinnerte sich bei diesen Worten an den Frühling seiner ersten Liebe und er erkannte, dass dieser Frühling wie alles in dieser alten Welt eine Täuschung gewesen war, dass es eine blinde Liebe gewesen war, und dass zum wahren, ewigen Frühling neue, erlöste Menschen in einer neuen Welt gehörten, die in der Kreuzesnachfolge Jesus tief in die wahre, sehende, Leid erfahrene Liebe hineingeführt und zutiefst von ihr geprägt worden waren.

Es war die Liebe, die er empfand, wenn er das Bild seiner verstorbenen Frau ansah, wenn er an ihre Liebe zum Leben und an ihren frühen Tod dachte, und wie tapfer sie ihn auch seinetwegen ertragen hatte, und er erkannte, dass sich die wahre Liebe zuletzt allen irdischen Gedanken und Worten entzog, weil sie himmlisch war.

Und er sagte dies seinen ehemaligen Patienten, und sie verstanden ihn, denn ein jeder wurde vom Geist Christ, dem gekreuzigten, erfüllt, und das größte Wunder vollzog sich in den nächsten Tagen an dem Misanthropen Fritz Stern und seiner Frau Sabine: Sie trennten sich in beiderseitigem Einvernehmen, Fritz Stern zog zu Regine Steinbach. Nachdem Sabine Stern erkannt hatte, dass ihre Ehe nur noch auf einer für beide Partner toxischen Beziehung beruhte, zeigte sie beim Verzicht auf ihren Mann eine menschliche Größe, die keiner ihr zuvor zugetraut hätte. Sie liebte ihren Mann, erkannte aber, dass sie ihn gerade deshalb loslassen musste, wenn sie ihm wahrhaft helfen wollte:

„Du handelst so, wie Jesus es uns gesagt hat: Will mir jemand nachfolgen, der verleugne sich selbst und nehme sein Kreuz auf sich und folge mir. Denn wer sein Leben erhalten will, der wird`s verlieren; wer aber sein Leben verliert um meinetwillen, der wird`s finden," sagte Helmut Diemel und drückte ihr dabei fest die Hand.

Und Frieder Herz dachte: Bei jedem anderen würden mich die vielen Bibelsprüche nerven, aber diesem Helmut Diemel nehme ich sie ab, sie kommen ihm von Herzen, und er sagt ja mit ihnen die Wahrheit, denn er sagt sie im Namen dessen, der von sich selber sagt, dass er in seiner Person die Wahrheit ist, das spüre ich ja. Und – stellte er bei sich fest – wieder einmal habe ich einen der von mir ersehnten Übergänge, der Wege von dieser alten in jene neue Welt erfahren, einen der ganz besonderen Art, den der selbstlosen Liebe, zu denen ein Mensch fähig ist, von dem ich es nicht erwartet hatte, und er dachte an das Wort des Apostel Paulus in seinem Hohen Lied der Liebe:

Und ich will euch einen noch besseren Weg zu Gott zeigen, den der Liebe, die nicht das Ihre sucht, sondern alles erträgt, glaubt, hofft und duldet.

7. Kapitel

Die Stadt aus dem Himmel

Es ist wie im Märchen: Und wenn sie nicht gestorben sind, so leben sie auch heute noch.

Und es ist doch vollkommen anders als im Märchen, denn das Leben, das sie immer noch haben, ist das ewige Leben, das sie durch ihren Glauben an den gekreuzigten und auferstandenen Christus haben, und der Tod, den sie nicht gestorben sind, ist der zweite, der Tod in Sünde und im Gericht der Gottverlassenheit, und diesen Tod hatte der gekreuzigte und auferstandene Christus auf sich genommen.

Bei seinem Wiederkommen in Macht und Herrlichkeit hatte er sie mit allen Erwählten zu sich in die himmlische Stadt aufgenommen, dort leben sie nun im Reich Gottes, nachdem der Sohn Gottes sein geistliches und messianisches Reich auf Erden vollendet und alle Herrschaft seinem Vater übergeben hatte, nun ist dessen Reich alles, was ist.

Den Zeitpunkt des Endes dieser Welt und des Wiederkommens dessen, dem Gott alle Macht im Himmel und auf Erden gegeben hatte, kannte nur Gott selber, aber sein Sohn hatte die Seinen ermahnt, auf die Zeichen der Zeit zu achten, und das taten sie: Die „Plauderstunde" bekam noch einmal Zuwachs: Als Frieder Herz seiner Nichte Christine und ihrem jüdischen Freund von seinem Gesprächskreis berichtet hatte, hatten sie sogleich den Wunsch geäußert, an ihm teilnehmen zu dürfen. „Frieder," hatte seine Nichte gesagt, „das ist gut auch für dich, dass du diese „Plauderstunde" hast, so verfällst du nicht so schnell wieder in deine Grübeleien."

Frieder Herz nahm ihr die burschikose Art ihm gegenüber nicht übel, wusste er doch, dass sie es gut mit ihm meinte, er hatte keine eigenen Kinder und manchmal dachte er, Christine könne auch gut seine Tochter sein. Und sie hatten bereits ein Thema, das sie beim nächsten Treffen einbringen wollten, „kollektive Dauer-Depression" nannten sie es: „Besonders in Europa leiden die Menschen auch physisch unter dem untergründigen psychischen Dauer-Druck, der durch Kriege, Terror, Seuchen,

Naturkatastrophen und Umweltzerstörungen entsteht", sagte Christine.

Selbstverständlich, dachte Frieder Herz, wird Helmut Diemel auch hierfür das passende Bibelwort haben, und tatsächlich zitierte dieser Worte Jesu aus den Evangelien: „Ihr werdet hören von Kriegen und Kriegsgeschrei; seht zu und erschreckt nicht. Denn es muss geschehen.

Den Völkern wird bange sein, und sie werden verzagen und die Menschen werden vergehen vor Furcht und in Erwartung der Dinge, die kommen sollen über die ganze Erde.

Aber es ist noch nicht das Ende. Denn es wird sich ein Volk gegen das andere erheben und ein Königreich gegen das andere; und es werden Hungersnöte sein und Erdbeben hier und dort. Das alles aber ist der Anfang der Wehen."

Nach diesem Zitat hielt Helmut einige Augenblicke inne, erst dann fuhr er fort. „Das Bild von den Wehen, das Jesus hier gebraucht will uns ja sagen: Das Endziel dieser Welt ist nicht Leiden und Schrecken, sondern die Geburt einer neuen Welt, und die fängt bei der Wiedergeburt eines einzelnen Menschen im Geist Gottes an und endet bei der Entrückung und Auferstehung aller erwählten Wiedergeborenen aus den Völkern und aus Israel", – hier nickte er Christines jüdischem Freund zu. „Mit den Wiedergeborenen wird Christus bei seinem Wiederkommen in Macht und Herrlichkeit vor der Welt und Israel erscheinen, Dein Volk Israel, lieber jüdischer Freund, wird dann, nachdem es in sein gelobtes Land zurückgeführt worden ist, den Geist Gottes empfangen, mit seiner Hilfe in Christus seinen Messias erkennen, den sie durchbohrt haben, und sie werden Buße tun, und mit ihnen wird Christus sein messianisches Friedensreich über die ganze Welt von Jerusalem aus errichten. Wenn sich dann wieder ein Teil der Menschen wegen der Unbußfertigkeit und Sünde ihrer Herzen gegen Gott und Christus auflehnt, wird in einem letzten Weltgericht der gläubige Überrest aus Juden und Heiden in den neuen Himmel und die neue Erde, in die Heilige Stadt gerettet werden, der erste Himmel und die erste Erde wird vergehen."

„Das hört sich alles sehr theologisch an," wandte der Misanthrop Fritz Stern ein. „Was hat das mit mir zu tun?"

Helmut Diemel sah ihn verständnisvoll und etwas mitleidig an. „Ja," sagte er, „das kann wohl so sein, und das war es für mich auch einmal, bis …".

Er brach ab. Die sensible Kunst- und Musiklehrerin Sigrid Frieling merkte, dass es ihm schwerfiel, weiterzusprechen, weil ihm das, was er eigentlich jetzt sagen wollte, sehr nahe ging.

„Bis wann? Hast du etwas sehr Schweres erlebt – du brauchst es uns nicht erzählen, wenn du darüber nicht sprechen kannst."

Helmut Diemel schüttelte den Kopf.

„Nein, Fritz hat ja Recht, wenn ich euch nur theologische Wahrheiten erzähle, bringt euch das nichts, es muss schon persönlich sein. Und das war es ja auch bei mir. Meine Wiedergeburt war eine sehr reale, einschneidende Erfahrung für mich. Ich war wieder einmal als Handelsvertreter für meine Firma mit dem Auto unterwegs, ich hatte mich bei einem Kunden länger als geplant aufhalten müssen, nun versuchte ich diese Zeit auf der Fahrt zum nächsten Kunden wieder hereinzuholen. Dabei schätzte ich eine Kurve falsch ein, ich fuhr mit überhöhter Geschwindigkeit hinein und wurde hinausgetragen und landete in einer Böschung, dabei rammte ich einen entgegen kommenden Wagen. Ich werde die entsetzten Augen der Fahrerin nicht vergessen, als ich auf sie zugeflogen kam und nicht mehr bremsen konnte, in diesen wenigen Sekunden wurde mir plötzlich schlagartig klar, dass mein Leben, sollte es jetzt zu Ende sein, verkehrt gewesen war, es war auf Geld und Gut, auf materielle Werte ausgerichtet gewesen, von denen nun, wenn es jetzt in dieser Kurve enden würde, nichts mehr bleiben würde." Er hielt einen Augenblick inne und sah alle Teilnehmer der „Plauderstunde" nacheinander an. „Wie ihr seht, habe ich den Unfall überlebt, auch die Fahrerin des Wagens, gegen den ich geprallt bin. Was dann geschah, Frieder," wandte er sich an Frieder Herz, „war ein solcher Übergang von der einen Welt in die andere, nach denen du suchst. Wir begegneten uns noch einmal, die Fahrerin, es war eine Frau mittleren Alters, und ich: Im Krankenhaus. Ich weiß noch, wie lange ich brauchte, um mich zu überwinden, sie in ihrem Krankenzimmer zu besuchen, als ich es dann tat, rechnete ich damit, dass sie sich von mir abwenden und mich zum Hinausgehen auffordern werde, schließlich war ich ja schuld an der Gehirnerschütterung und den Knochenbrüchen, die sie erlitten hatte. Aber sie forderte mich auf, mich neben ihr Bett zu setzen, sie nahm meine Entschuldigung an, obwohl ihr dies – wie sie sagte – nicht leichtfalle, aber sie sei überzeugte Christin und glaube, dass kein Unglück in der Stadt geschehe, der Herr habe es nicht getan, wie der Prophet Amos es gesagt habe, und dass denen, die Gott liebten, müssten alle Dinge zum Besten dienen. Sie sagte, dass es ihr noch schwerfalle, mir zu vergeben, aber dass sie es tun müsse, weil sie selber von der Vergebung des für sie Gekreuzigten lebe. Ich besuchte sie dann täglich, solange wir im Krankenhaus lagen, sie lud mich in die christliche Gemeinschaft ein, zu der sie gehörte, und den Rest der Geschichte habt ihr jetzt vor euch:

Ich kam dort zum persönlichen Glauben an den, der mir durch diesen Unfall eine neue, zweite Lebenschance gegeben hat, nun nicht nur zum irdischen, sondern auch zum ewigen Leben. Er hatte mich „heimgesucht" zu sich, das wurde mir klar, er hatte mir durch die Vergebung jener Frau klar gemacht, dass ich Vergebung brauchte für ein gottloses Leben im Jagen nach materiellen

Gütern, das mich letztlich in diesen Unfall durch meine Hetze und Unvorsichtigkeit hatte hineingeraten lassen. Ich nahm die Vergebung durch Christus für mich persönlich an, und ich wollte sie fortan auch anderen Menschen bezeugen, ich beschäftigte mich viel mit der Heiligen Schrift, so wurde ich zum Prediger des Evangeliums, der Frohen Botschaft von Jesus Christus, in dieser Gemeinschaft und zum Christuszeugen in dieser Welt." Wieder hielt Helmut Diemel einen Augenblick inne und sah alle seine Mitteilnehmer an der „Plaudersunde" nacheinander an: „Und dies möchte ich auch für euch sein, für jeden einzelnen von euch."

Und er wurde es, für die, denen das Evangelium bisher fremd war, wie auch für die, die ihm schon näherstanden, die aber nun durch ihn eine Vertiefung im Glauben erfuhren. Sie alle, Frieder Herz, Helmut Diemel, Matthias Reinfeld, Fritz und Sabine Stern, Regine Steinbach, Sigrid Frieling, Frieder Herz Nichte Christine und ihr jüdischer Freund wurden Bürgerinnen und Bürger der Stadt, die aus dem Himmel kam.

„Wir werden sie ja einmal wiedersehen", hatte der Pfarrer am Grab seiner Frau gesagt, dass dies auch wirklich geschehen würde, daran hatte Frieder Herz damals nicht gedacht, jetzt aber erlebte er es, wie es im letzten Buch der Heiligen Schrift, in der Offenbarung des Johannes beschrieben war: Er sah die Heilige Stadt, das neue Jerusalem von Gott aus dem Himmel herabkommen, sie nahm ihn und alle Erwählten aller Zeiten und aller Orten, auch die aus seiner „Plauderstunde, in sich auf, denn sie hatten ja durch ihren Glauben an Christus Bürgerrecht in ihr gefunden, seine Frau begegnete er vor einem Haus, das Gott für sie beide zur ewigen Wohnung bestimmt hatte, und als sie einander umarmte, wischte Gott tatsächlich alle Tränen von ihrer beiden Augen, die sie wegen ihrer Trennung durch den leiblichen Tod geweint hatten, und er sagte ihnen, dass der Tod nicht mehr sein werde, noch Leid noch Geschrei noch Schmerz, denn das Erste ist vergangen.

Die Stadt, in der sie nun mit den anderen Erwählten wohnten, brauchte keine irdischen, äußerlichen Leuchtmittel mehr, keine Sonne, keinen Mond, denn sie wurde unmittelbar durch die himmlische Herrlichkeit Gottes erleuchtet, ihr Licht war der, der von sich gesagt hatte: Ich bin das Licht der Welt, wer mir nachfolgt, der wird nicht wandeln in der Finsternis, sondern er wird das Licht des Lebens haben.

Weil er für sie in die äußerste Finsternis der Gottverlassenheit gegangen war, war er nun auch das einzige Licht für sie, ihm dienten sie alle, auch, wenn sie einander dienten, jeder mit seiner besonderen Gabe, die sie in vollkommener Liebe füreinander gebrauchten. Ströme des Lebens, Bäume und Früchte, von denen sie leben konnten, umgaben sie, alles kam vom Thron Gottes und seines Sohnes selbst, alles Leben war ursprünglich, göttlich, unverdorben, rein und vollkommen. Die Bäume trugen ewig Blüten und Knospen unterschiedlichster Farbtöne – weiße, rote, rosarote und unendlich viele andere Arten von Farben – und ebenso vielfältigste Früchte zugleich, sie waren ewig voller Kraft und Schönheit, alle irdischen Bäume und Pflanzen waren nur ein Schatten dieser Ewigkeitsbäume gewesen, und alle Geschöpfe lebten nicht mehr in Angst und Feindschaft, in Konkurrenz und Habgier gegeneinander, fraßen einander nicht mehr auf, sondern bauten einander in Liebe zur Fülle des Christus auf, der alles in allen war: Eine lebendige Einheit, ein Leib, in dem alle Glieder einander mit ihren besonderen Gaben dienten.

Die Gaben des Heiligen Geistes, besonders Glaube, Hoffnung, Liebe, hatten für jeden Erwählten eine besondere, nur zu ihm passende himmlische Gestalt angenommen, alle Erwählten aus allen Völkern brachten ihren individuellen Reichtum ein.

Der bibelkundiger Laienprediger Helmut Diemel beschäftigte sich weiter mit den Heilstaten Gottes in Christus an seinem ersterwählten Volk Israel und an seiner Gemeinde, er predigte davon, nun aber bedurfte er dazu keiner Worte mehr, sondern nur noch des Wirkens des Heiligen Geistes in ihm in Verbindung mit dem in den anderen Erwählten, die nun vollständig wiedergeboren waren und nicht nur einen neuen Geist, sondern auch einen neuen, himmlischen Leib hatten.

Und so war aus Sabine Stern, die unter den Launen ihres Mannes gelitten und an einer toxischen Beziehung festgehalten, diese dann aber aus Liebe zu ihrem Mann hingegeben hatte, eine zufriedene Frau geworden, die erfuhr, was es heißt, dass geben seliger ist als nehmen.

Sigrid Frieling setzte ihre Musikalität ein, um Gott und seinem Sohn dankbar zu singen und zu spielen, sie dirigierte einen „höheren" Chor ohne dabei auf irdische Töne oder Noten als Ausdruckmittel angewiesen zu sein, es war Engelsmusik, die für sie zwar immer noch entfernt an ihren Lieblingsmusiker Mozart erinnerte, aber diese doch noch einmal an Schönheit und Herrlichkeit weit übertraf.

Frieder Herz und Matthias Reinfeld lebten glücklich in einer himmlischen Liebesehe mit ihren Frauen, Frieder Herz Nichte und deren jüdischer Mann verwirklichten in ihrer Beziehung die Gemeinschaft in Christus, die Gott zwischen den Erwählten aus seinem ersterwählten Volk Israel und den Völkern hergestellt hatte.

Über allen war die ewige Freude, in unmittelbare Nähe Gottes und seines Sohnes ewig leben zu dürfen. Alle Erwählten und mit dem Geist Gottes Versiegelten hatten jetzt einen himmlischen Leib, d.h. der Gedanke Gottes, der Bauplan, der sie vor ihrer ersten Schöpfung gewesen waren, „verleiblichte" sich nun noch einmal durch die unendliche Kraft Gottes in seiner neuen Schöpfung. Ihre Worte und Taten, ihre Sprache und ihre Handlungen waren jetzt vollkommen dem Geist Gottes angemessen, der in ihnen bereits zu ihren irdischen Lebzeiten gewohnt hatte, sie waren jetzt auch vollkommen göttlich. Dieser himmlische Leib, den nun auch die verstorbenen Ehefrauen von Frieder Herz und Matthias Reinfeld bekommen hatten, war nicht mehr der Vergänglichkeit ausgesetzt, kein Schmerz, kein Leid, kein Tod konnten ihn mehr berühren, die Trauer, die die beiden Ehemänner erfahren hatten, wurde geheilt, jetzt bestimmte ihre ewige Liebe und Freude ihr Zusammenleben. Weiter ist von den Übergängen, nach denen Frieder Herz sich so sehr gesehnt hatte, nichts mehr zu sagen, denn sie waren geschehen, der Teil von ihnen, der sagbar war, lag hinter den Erwählten, für das, was nun noch ist, fehlen die Worte, Begriffe und Anschauungen, aber das ist auch kein Fehler, weil alle Erwählten wissen dürfen, dass aus ihrem Glauben einmal ein Schauen werden soll, dass sie erfahren sollen, wie es sich in jener himmlischen Stadt in vollkommener Heiligkeit, Gerechtigkeit, Frieden und Freiheit unter lauter Erwählten leben lässt, wenn Sünde, Ungerechtigkeit, Krieg, Leid,

Schmerz und Tod, wenn der Böse und das Böse für immer vernichtet sein werden. Gottes Liebe hat sich in seinem Sohn als unendlich groß offenbart, zu ihr passen keine Grenzen mehr, auf Zeit und Raum und die alte Welt ist das ewige Leben der Erwählten nicht angewiesen, unendlich viele Zeiten, Räume und Welten, die alle jetzt von himmlischer Art sind, können das nicht fassen, was Gott für die bereit hält, die jene neue Welt erlangen. Die Mitglieder der „Plauderstunde" waren nun vereint mit allen Erwählten die Glieder an dem einen Leib Christi, einem göttlichen Organismus, der von seinem Haupt Christus, gelenkt wurde, in dem ein Glied auf seine besondere Weise und mit seiner besonderen Gabe dem anderen diente. Alle schauten nun Gott, an den sie geglaubt hatten, waren sie durch seine Vaterliebe in Jesus Christus bereits zu Erdenzeiten seine Kinder geworden, so wurde nun das offenbar, was sie einmal werden sollten, und dass sie nämlich Gottes Kinder nicht nur durch die Gabe des Geistes Gottes in ihnen, sondern auch durch die Gabe ihres himmlischen Leibes werden sollten, und dass sie ihm dann gleich sind, denn sie sehen ihn jetzt, wie er ist.

All das aber hat seinen einzigen Grund in der Liebestat des Sohnes Gottes am Kreuz, in seinem „Es ist vollbracht", ihm gehört deshalb allein in Ewigkeit der Dank und das Lob aller seiner Erwählten.